CW00792930

LA PETITE ROBE DE PAUL

Philippe Grimbert est un écrivain et psychanalyste français. Passionné de musique et de danse, il a publié des essais (*Psychanalyse de la chanson*, *Pas de fumée sans Freud*, *Chantons sous la psy*, *Évitez le divan*, *Avec Freud au quotidien*) et est aussi l'auteur de plusieurs romans : *La Petite Robe de Paul*, *La Mauvaise rencontre*, *Un garçon singulier*, *Rudik, l'autre Noureev* et *Un secret*, récompensé par le prix Goncourt des lycéens en 2004, le Grand prix des Lectrices de *Elle* en 2005 et adapté au cinéma par Claude Miller en 2007.

Paru dans Le Livre de Poche :

AVEC FREUD AU QUOTIDIEN

LA MAUVAISE RENCONTRE

NOM DE DIEU !

UN GARÇON SINGULIER

UN SECRET

PHILIPPE GRIMBERT

La Petite Robe de Paul

ROMAN

GRASSET

© Éditions Grasset & Fasquelle, 2001.

ISBN : 978-2-253-06819-8 – 1ᵉ publication LGF

Pour Mone et Lucien

1

La semaine précédant le week-end de Pâques, Paul participait à un stage de formation dans un quartier qu'il connaissait peu. Le programme lui indiquait qu'il disposerait d'une pause-déjeuner de deux heures. Les premiers beaux jours incitant à la promenade, il pourrait en profiter pour découvrir ce coin de sa ville qu'il n'avait jamais eu l'occasion de visiter. L'atmosphère lui parut très différente de celle du quartier où il vivait, lequel était surtout occupé par des bureaux, sièges de compagnies d'assurances, sociétés d'import-export. Son stage, au contraire, se déroulait non loin d'une petite place très animée, peuplée de restaurants débordant sur le trottoir en raison de la température clémente. Les rues alentour étaient celles d'une petite ville de province, au rythme ralenti par les rayons d'un soleil nouveau. Les badauds s'y arrêtaient devant des boutiques d'artisanat, de mode ou d'objets exotiques, des groupes s'interpellaient joyeusement et par les fenêtres entrouvertes s'échappaient des tintements de vaisselle. Paul se dit qu'il se laisserait conduire dans ces rues par sa fantaisie avec le même plaisir qu'il aurait eu à errer dans une capitale étrangère.

Lorsqu'il avait l'occasion de franchir des frontières, il n'était pas captivé par le spectacle de la nature, aussi grandiose soit-il mais par l'odeur, l'ambiance et la bousculade typique des grandes cités. Il aimait emprunter des ruelles obscures, parallèles au flot des avenues principales, sans rien qui le fît passer pour un touriste. Il s'imaginait alors une vie étrangère à l'ombre des murs décrépits, dans la fraîcheur des portes cochères. Ou bien encore il se glissait dans l'ombre d'un cinéma et s'asseyait face à un film dont souvent il ne saisissait pas un mot, pour le seul plaisir de partager un instant la vie quotidienne des habitants d'une cité qui n'était pas la sienne, de respirer le parfum de leurs salles de spectacle, de goûter leurs friandises bon marché. Puis il reprenait son chemin, sans appareil photo, sans caméra, les mains dans les poches. Jouant avec la sensation de s'être égaré, il espérait qu'un visiteur, un plan de la ville à la main, lui ferait le plaisir de lui demander son chemin, le prenant pour un natif des lieux.

Paul ressentait quelque chose de comparable dans ce quartier dont il ne connaissait rien. Il s'amusait même à relever des signes distinctifs de cette partie de la ville dans la couleur des devantures, dans la tenue vestimentaire de ses habitants, dans les coiffures, les démarches ou les expressions qu'il saisissait à la volée. Le premier jour, dans un petit restaurant indien, il attendit un peu trop longtemps l'addition pour pouvoir mener son exploration à sa guise.

Le soir, quand Irène lui demanda comment s'était passée sa journée il lui répondit sans grand enthousiasme. Il ressentait un manque, la frustration du voyageur en transit dans une ville au nom prestigieux dont il ne connaîtra que l'aéroport.

Dès le lendemain, après les trois heures de conférence du matin, il s'acheta un sandwich et partit à l'aventure. Il eut ainsi le temps de découvrir un café littéraire annonçant ses soirées-débats avec des auteurs d'ouvrages philosophiques, une échoppe de réparation de porcelaines dans laquelle un vieil artisan travaillait face à la rue, ses lunettes en demi-lune en équilibre sur le bout du nez et un magasin d'art africain d'où sortaient des éclats de rire et des rythmes de percussions. Une boutique attira plus particulièrement son attention, portant sur son fronton le mot «Poème». De la vitrine il ne distingua d'abord que le sol recouvert de sable, sur lequel étaient disposés trois grands pots de fleurs, eux aussi remplis de sable, d'où pointaient les tiges de trois rosiers artificiels couronnés chacun d'une fleur aux pétales de tissu blanc.

Levant les yeux il aperçut la petite robe. Une seule robe, accrochée à un cintre au centre de la vitrine sur un fond de papier vert d'eau. Une robe d'enfant, parfaitement blanche, taillée comme une chasuble, avec trois roses à l'empiècement, semblables à celles qui émergeaient des pots. Trois boutons délicats qui donnaient naissance à des plis plats poursuivant leur chemin jusqu'à l'ourlet du bas. Le tissu avait la légèreté et la transparence d'un voile de lin, il en respirait la fraîcheur.

Paul fut troublé, saisi par le sentiment de n'avoir jamais rien vu de plus joli que ce vêtement de fillette, flottant entre ciel et terre. Il resta un long moment planté sur le trottoir, son sandwich à la main, et sa promenade de ce jour-là ne le mena pas plus loin.

2

La forte impression produite sur Paul par la petite robe modifia ses projets les jours suivants. Les itinéraires qu'il emprunta obéirent tous à un passage obligé devant la boutique «Poème». Paul se surprit à plusieurs reprises, durant les enseignements du matin, à laisser sa pensée s'envoler à la rencontre du vêtement, sagement suspendu au centre géométrique de la vitrine. Comme ces visiteurs de musée qui se donnent rendez-vous chaque jour avec une œuvre et en viennent à imaginer leur tableau ou leur statue de prédilection guettant leur venue, il anticipait avec une certaine impatience l'heure de la pause pour aller retrouver l'objet de son émotion. Lorsque midi sonnait il courait acheter son sandwich habituel et reprenait son parcours pour s'arrêter devant la vitrine où l'attendait la petite robe blanche. Et avec un plaisir qu'il aurait volontiers qualifié de naïf, il la contemplait de nouveau.

Le dernier jour du stage il fut saisi d'une inquiétude. Et si un caprice du propriétaire était venu bouleverser l'ordonnance de la vitrine ? Si à l'issue de sa promenade quotidienne de deux heures, qui lui avait permis de se faire une idée assez précise du quartier, il allait se retrouver devant un assemblage de grenouillères ou de salopettes ? Cette perspective le fit se rendre sans détour devant la boutique « Poème ».

Arrivé devant la vitrine il se surprit à tracer dans la ville la carte des lieux où il avait élu domicile après avoir quitté la maison de ses parents, en proche banlieue. Ils étaient peu nombreux, au nombre de trois exactement : son studio de célibataire à l'ouest, au sud-est l'appartement qu'il avait occupé des années auparavant avec sa première compagne, au sud celui où il vivait désormais avec Irène. Il se fit la remarque qu'en traçant les hauteurs de ce triangle, leur point d'intersection pourrait bien indiquer l'endroit où il se trouvait actuellement.

Bien qu'assez doué pour l'autodérision il ne songea pas une seconde à railler son soulagement quand il aperçut la petite robe dans la vitrine, toujours suspendue à son cintre de fil de fer. Il songea que c'était la dernière fois qu'il lui rendait visite et l'inexplicable tristesse ressentie à l'idée de ne plus la revoir provoqua en lui le désir de l'acheter. Il fit en pensée le tour de ses amis et de ceux d'Irène à la recherche d'une petite fille à qui l'offrir, mais en vain. Quant à Agnès, leur grande fille, non seulement elle avait passé l'âge de porter un tel vêtement mais elle avait même quitté la maison depuis quelques années. Il ne pouvait décidément justifier d'aucun prétexte pour se livrer à cet achat. Et pourtant il se retrouva à l'intérieur du magasin.

La petite robe, déclinée dans toutes les tailles enfantines, répétait ses trois fleurs et ses plis plats le long des murs clairs, badigeonnés à la chaux comme les maisons des îles grecques. Il laissa courir ses doigts sur le portant et les chasubles blanches caressées par sa main se balancèrent légèrement. Il décrocha un cintre et souleva le tissu délicat pour l'amener à la hauteur de ses yeux : vue de près la toile était travaillée de telle façon qu'elle reproduisait à la perfection le fouillis de pétales enserrant le cœur des roses. Une vague d'émotion le submergea, dont il ne songea pas à s'étonner et pour se donner une contenance il s'enquit du prix de la robe. Il était très élevé, ce qui aurait rendu encore plus exigeante la sélection des enfants d'amis à qui offrir un tel cadeau. Il erra quelques instants dans ce paradis cotonneux où planaient de petits anges clairs en rangs serrés, puis il revint à la robe. Il la contempla encore un moment et s'entendit annoncer à la vendeuse son intention de l'acheter. On lui demanda dans quelle taille il la souhaitait et cette question qui aurait dû suffire à lui faire abandonner son projet, loin de le prendre au dépourvu, ne le fit pas hésiter : il répondit qu'il désirait du six ans.

La jeune femme qui tenait le magasin enveloppa la robe dans un papier de soie bleu pâle puis l'allongea dans un carton dont elle referma le couvercle avec cérémonie. Elle lui dit aimablement qu'il allait faire une heureuse. Elle lia l'emballage avec un ruban du même bleu pâle, sur lequel le mot «Poème» se répétait, tracé d'une écriture enfantine. Paul sortit du magasin avec un sentiment d'irréalité, se demandant comment il allait expliquer son achat à Irène. Il le regrettait déjà mais il était bien là, pesant de si peu de poids qu'il aurait pu se faire oublier, reposant dans son carton et balançant au bout du bras de Paul tandis qu'il se rendait à son stage pour la session de l'après-midi. Dans la salle de conférences il glissa le carton sous son siège et tenta de n'y plus penser jusqu'à la fin du dernier cours.

Il profita fort peu des enseignements de ce jour-là et presque malgré lui, au milieu des schémas et des graphiques, il griffonna sur sa page de notes un croquis tentant de reproduire le modèle au-dessus duquel il était assis. Le résultat ne lui parut pas si mauvais : on distinguait bien la forme générale de la chasuble, trois petites spirales figurant les roses d'où partaient les trois droites rejoignant la base. Le fond de sa feuille évoquait parfaitement la blancheur et la transparence du tissu.

3

Quand Paul rentra chez lui Irène n'était pas
encore revenue de son travail. Il sortit le carton de
son sac de plastique et le déposa sur le lit afin que
sa femme le découvre à son retour. Il tenta de
s'imaginer sa réaction et se demanda comment il
lui expliquerait son geste. A la vue du ruban bleu
pâle égrenant le mot Poème lui revinrent l'atmosphère feutrée du magasin, les murs blancs et le
léger balancement des vêtements d'enfant sur leurs
portants. Il ne pouvait se défendre d'un vague sentiment de malaise. Il choisit de le combattre en se
versant un verre de whisky et en allumant une cigarette. Assis au salon, il lança quelques ronds de
fumée au plafond et songea de nouveau à la robe,
remisée dans l'ombre de son carton et dans la douceur de son papier de soie, sur le lit de leur chambre
à coucher. Pourquoi avait-il demandé du six ans? Il
était incapable de répondre à cette question. Il avait

indiqué cette taille à la vendeuse sans aucune raison apparente, la phrase lui avait échappé, sortie de sa bouche comme malgré lui.

Jamais encore il ne s'était livré à un achat de cette sorte. Non qu'il ait reculé devant des dépenses superflues – il aimait au contraire se livrer de temps à autre à des débauches d'emplettes – mais il s'agissait toujours de cadeaux impromptus pour Irène, boucles d'oreilles, foulards, ou de caprices satisfaits sous la forme de disques ou de livres rares, à son propre usage. Il adorait, lorsqu'Agnès était encore enfant, lui rapporter des surprises à son retour du bureau, il avait même institué la « semaine du cadeau » comme on affiche à la devanture des grands magasins la « semaine du blanc » et chaque soir, quel que fût son comportement de la journée, la petite fille trouvait sur son lit une babiole qui la faisait trépigner de joie. Jusqu'à ce jour il n'avait jamais acheté un objet sans avoir en tête son destinataire précis.

Paul tenta de se raisonner en se disant qu'il s'agissait d'une lubie, rien de plus. Il ne manquait pas de fantaisie, il savait surprendre sa femme et ses amis, il avait même acquis une solide réputation de pitre, quand son humeur l'y poussait. Après tout il avait bien le droit de céder à un caprice. Mais il s'était toujours vanté de garder la tête froide, quoi qu'il advienne. Jamais il n'avait bu plus que de raison, au point de perdre l'esprit et même lorsqu'il jouait à l'enfant, en acteur convaincu, il gardait le contrôle de l'adulte devenu petit garçon l'espace d'une soirée. C'est pourquoi son acte l'intriguait, témoin d'une décision prise en lui-même à son insu et impossible à justifier logiquement. Cependant, il se persuadait qu'il n'aurait pu quitter le quartier dans lequel il avait vécu cette semaine sans emporter avec lui la petite robe blanche contemplée chaque jour. Il lui fallait admettre cette évidence : un autre, au fond de lui, avait exigé cet achat avec une telle détermination qu'il eût été vain de songer à s'y opposer.

Ce fut cette dernière pensée qui le décida à cacher son achat à Irène. Il était hors de question d'affronter le regard de sa femme quand elle découvrirait le carton de chez « Poème » sur leur lit. Plus encore lorsqu'elle déballerait la robe et lui jetterait un œil d'abord intrigué puis probablement inquiet devant son absence d'explication logique. L'heure avançait, il devenait urgent de débarrasser la pièce de cette encombrante présence. Paul pensa tout d'abord à glisser le carton sous le lit mais la perspective d'Irène et lui s'endormant au-dessus du vêtement d'enfant lui parut insupportable. Il s'imagina leurs deux corps allongés, parallèles à la ligne presque austère des trois plis plats et envisagea aussitôt une autre solution. Sortie de son emballage la robe serait plus aisée à dissimuler : il ouvrit donc le carton et écarta l'impalpable papier de soie bleu clair.

Dans le décor familier de la chambre la délicate chasuble prit un surcroît d'existence. Il ne fut pas déçu : elle était encore plus jolie que dans la vitrine. Il la porta avec précaution sur ses bras tendus, comme un enfant endormi, jusque dans l'ancienne chambre d'Agnès, transformée depuis son départ en dressing-room. Irène et lui y disposaient de placards séparés, il ouvrit le sien, choisit un cintre vacant, y suspendit la robe et la glissa entre le costume anthracite, qu'il n'avait pas revêtu depuis le mariage de la fille d'Edith, la meilleure amie d'Irène, et le blazer bleu marine dont sa femme disait qu'il lui donnait l'air d'un étudiant anglais. La blancheur immaculée fut avalée par les deux vêtements sombres, on ne pouvait même pas en soupçonner l'existence. Il sortit ensuite jeter l'emballage dans la poubelle de l'immeuble.

Quand Irène revint du travail Paul lui offrit un whisky et s'en versa un second. Ils bavardèrent gaiement et se firent le récit mutuel de leurs journées. La soirée fut semblable à toutes celles qui émaillaient leur existence depuis quelque temps, à ceci près que Paul sentit monter en lui un étonnant sentiment de culpabilité. Il n'en aurait pas été autrement s'il avait trompé Irène et qu'au lieu de se rendre à son stage il avait passé l'après-midi dans un petit hôtel avec une conquête de passage. Il imagina briser ce malaise en avouant à sa femme l'inconséquence de son acte. Peut-être en rirait-elle simplement, trouvant la robe ravissante et hochant la tête avec indulgence devant l'idée folle de son mari.

Mais l'étranger qui avait manifesté sa volonté, poussant Paul à l'intérieur du magasin, lui dictant le choix de la taille, exigea tout aussi impérieusement de lui le silence.

4

Quand Paul s'éveilla dans les bras d'Irène il songea que la semaine passée, cette parenthèse dans sa
vie professionnelle avait quelque chose d'irréel.
Tout allait rentrer dans l'ordre, après ce week-end
prolongé il retrouverait son bureau, ses collègues
et la routine dont il se plaignait parfois, mais qui
correspondait à son tempérament. Paul n'était pas
un aventurier, il se contentait d'un emploi qui, sans
être subalterne, n'avait rien d'un poste à responsa-
bilités. Il n'envisageait pas de gravir les échelons
de la hiérarchie en se frayant un chemin vers le
sommet à la force du poignet, il se satisfaisait de sa
position et jouissait de la tranquillité de sa vie avec
Irène.

Dans le petit jour qui baignait la chambre il
s'étira et les bribes d'un rêve lui revinrent à l'esprit. Très peu de chose en vérité, l'image confuse

d'une ville en ruine puis celle d'une rue commerçante où chaque magasin proposait des frusques informes pendues au plafond comme des jambons dans une charcuterie. Puis lui vint la certitude qu'il avait également rêvé de son père, ce qui lui arrivait régulièrement depuis la mort de ce dernier, des années auparavant : il parlait avec lui dans une sorte de dispensaire au sol et aux murs carrelés. Comme à chaque fois qu'un rêve de cette sorte se produisait il savait quelle angoisse sourde l'étreindrait tout au long de la journée. Il s'étonnait toujours de ces conversations avec un mort, ne s'accompagnant d'aucun sentiment d'étrangeté. Il échangeait avec son père sur des sujets quotidiens, connaissant sa réticence à en aborder de plus personnels. Il se sentait couvé par le bon regard du disparu, mais l'évidente contradiction ne gênait aucunement le déroulement du rêve.

Il repensa à la robe et eut presque envie de sauter du lit pour s'assurer de sa réalité, bien à l'abri des regards dans le placard du dressing, entre son costume anthracite et son blazer bleu marine. La vérification était inutile, il n'avait aucun doute sur la réalité de son achat de la veille. Il regarda Irène qui dormait encore, insouciante, ignorant la présence au cœur de leur appartement d'une petite robe blanche avec trois roses de tissu à la poitrine. Lorsqu'elle s'éveilla et lui sourit il se sentit de nouveau coupable.

Depuis le départ d'Agnès leur vie s'était transformée, ou plutôt était redevenue ce qu'elle était avant la naissance de leur fille. D'abord une sensation de vide, comme si le souci de la santé, des études ou des fréquentations de leur enfant s'était transformé au fil des années en une nécessité leur faisant aujourd'hui défaut. Telle une peau distendue tentant de retrouver ses proportions originelles, leur existence avait peiné à retrouver ses marques les quelques mois qui avaient suivi l'installation d'Agnès dans son studio. Car même si elle jouissait de son autonomie depuis des années, Paul et Irène s'étaient coulés volontiers dans leur rôle de gardiens du confort et de la sécurité matérielle de leur fille unique. Puis une sensation de liberté reconquise les avait enivrés tous deux, les lançant dans une frénésie de sorties et de voyages improvisés. Cette phase de leur vie de couple qui les avait propulsés vers l'extérieur était révolue et ils se plaisaient désormais à se réfugier dans la quiétude de leur appartement, Paul pianotant des soirées entières sur son ordinateur, Irène avançant à son rythme dans la rédaction de son recueil de poésies.

Lorsque Agnès atteignit ses quatorze ans et manifesta ses premiers élans d'indépendance Irène ressentit le désir violent d'un second enfant. Paul n'y fit pas opposition, même si sa fibre paternelle s'estimait comblée par la seule présence de leur fille, et, quelque temps plus tard, une nouvelle grossesse s'annonça. Irène perdit cet enfant au troisième mois et s'enferma dans une longue période de tristesse dont elle eut beaucoup de mal à sortir, malgré les attentions dont Paul l'entoura. Quant à ce dernier, il se demanda si cette fausse-couche avait été pour lui un malheur ou un soulagement, tant il doutait de son désir d'un nouvel enfant. Les tentatives suivantes échouèrent, au point qu'angoissée par le temps qui passait Irène demanda à ce qu'ils consultent tous deux pour trouver une solution médicale à leur problème. Paul n'opposa pas de résistance, se soumit aux examens nécessaires, mais les espoirs d'Irène furent à nouveau déçus. Après plusieurs interventions infructueuses ils renoncèrent à l'idée d'agrandir leur famille. Ils sortirent blessés de l'expérience mais à l'époque Paul déclara, conscient de la banalité de son propos, que leur amour leur avait permis de surmonter l'épreuve.

Ces souvenirs lui revinrent dans le sourire d'Irène. Elle se leva pour préparer le petit déjeuner et il resta un instant à savourer l'idée de ces trois jours de détente, tandis que de la cuisine lui parvenaient des bruits familiers. Puis, sans attendre l'appel de sa femme, il se glissa hors du lit, enfila un peignoir et se dirigea vers le dressing.

5

Comme chaque samedi Paul téléphona à sa mère. Depuis la mort de son mari elle ne sortait plus de sa maison des environs de la capitale, entourée de ses deux chats et de son vieux chien, absorbée par ses broderies. Il lui fit le récit de sa semaine, détailla le plaisir de ses découvertes durant son stage, passant sous silence l'achat de la petite robe, dont il se demanda ce que sa mère aurait pu penser. Il annonça à Irène son intention d'aller faire un tour au bois, mais elle ne souhaita pas l'accompagner, soucieuse de remettre la maison en ordre après une semaine agitée.

Une fois seule, elle imagina avec tendresse son Paul courant à petites foulées dans les sentiers sous les arbres. Elle connaissait son itinéraire favori, elle savait qu'il passerait par la grotte sous la cascade, cet endroit dont il avait fait son repaire quand il était petit garçon et devenu plus tard le lieu de ses conciliabules secrets avec son père. Puis il ferait le tour du lac, entraînant dans sa course quelque chien en mal d'exercice et prendrait un café à l'Auberge du Lac, savourant le chatoiement du soleil encore fragile au travers des frondaisons. Elle se lança dans le rangement du salon, empila les magazines épars, vida les cendriers et rapporta à la cuisine les verres de la veille. Elle s'aperçut que les fenêtres avaient besoin d'être débarrassées de la trace des dernières pluies d'hiver et les figures dessinées par la poussière sur ses carreaux lui soufflèrent les premiers vers d'un poème.

C'est en écrivant sur son petit carnet à idées que lui revint à l'esprit l'affichette apposée sur la porte cochère : la Croix-Rouge invitait les habitants de l'immeuble à déposer leurs vêtements usagés dans le hall. Si elle ne s'en occupait pas maintenant elle ne le ferait jamais. Elle commença par son placard, hésita devant chaque jupe et chaque chemisier, puis fourra d'un geste décidé dans le grand sac plastique ceux qu'elle ne porterait plus avant qu'une décennie les remette au goût du jour. Elle jugea inutile de demander à Paul de faire un choix dans sa garde-robe, il tenait à ses vieux pulls comme à la prunelle de ses yeux, mais pour le reste il lui faisait une confiance absolue. Elle ouvrit donc le côté du dressing réservé à son mari et vida les étagères des quelques chemises qui lui paraissaient par trop démodées, pour s'attaquer ensuite à la penderie recelant deux ou trois pantalons informes dont il était temps de se débarrasser si elle ne voulait plus les lui voir porter. Elle eut un sourire ému devant le blazer bleu marine arboré par Paul pour les grandes occasions et dans lequel il semblait sorti d'Oxford. Juste à côté était suspendu le costume gris anthracite qu'il avait porté au mariage d'Hélène, la fille de son amie Edith. Elle l'avait couvé des yeux toute la soirée, redécouvrant l'élégance et la minceur de cet homme qui était le sien. Elle ne put s'empêcher d'en effleurer la manche en une caresse complice.

Elle s'arrêta net : les cintres, par le mouvement qu'elle avait provoqué, avaient écarté les deux vêtements comme un rideau de théâtre pour laisser apparaître une petite robe blanche, une robe d'enfant manifestement neuve, accrochée là, au beau milieu des affaires de Paul. Irène eut une sorte de haut-le-corps, un recul mêlé de répulsion qu'elle ne put tout d'abord s'expliquer. Devant l'objet qui la provoquait sa réaction lui parut disproportionnée. Elle comprit cependant assez vite la nature de son trouble : cette robe avait été non pas rangée mais manifestement cachée par son mari dans ce placard, afin de n'être pas découverte. Pour la première fois depuis qu'elle vivait avec lui elle eut le sentiment que Paul lui dissimulait quelque chose, sous la forme de ce vêtement d'enfant, rendu plus fragile encore par sa proximité avec les sombres vestes d'homme.

Non sans réticence elle sortit la petite robe pour l'examiner avec attention : elle lui parut étrange, presque austère avec ses plis plats et sa texture proche de celle du lin, bien que tout en légèreté. Seules les trois roses, artistement travaillées, donnaient à l'ensemble une touche de fantaisie et renvoyaient au domaine de l'enfance. Comme à la recherche d'un parfum familier elle l'approcha de son visage et en respira l'odeur d'apprêt, discrète et fade. A qui Paul pouvait-il destiner cet achat ? Même en réfléchissant bien elle ne voyait pas dans leur entourage immédiat d'enfant en âge de porter cette robe. S'agissait-il de la fillette de l'un des collègues de son mari ou de l'un de ses patrons envers lequel il était en dette de quelque service ? Mais s'il en était ainsi pourquoi ne lui en aurait-il pas parlé ? Non, cela ne tenait pas : dans cette éventualité il lui paraissait évident que Paul l'aurait chargée de l'achat, c'est toujours ainsi qu'ils procédaient. La foule de questions qui se pressait dans son esprit lui donna le vertige, aucune explication ne lui paraissant plausible, tel qu'elle connaissait Paul.

Du moins tel qu'elle croyait connaître Paul. Cette dernière remarque fit perler à son front une légère suée.

6

Irène demeura immobile plusieurs minutes, la petite robe suspendue à ses doigts. Lentement son esprit se remit à l'ouvrage. Elle prit conscience de l'ampleur du choc provoqué en elle par cette découverte. Il n'en aurait pas été autrement, se dit-elle, si elle était tombée sur une lettre d'amour, signée d'un prénom inconnu et glissée dans la poche de l'une des vestes de Paul. Elle se livra à un nouvel examen du petit vêtement, si étrange et si délicat. Elle s'attarda sur l'étiquette portant le nom du magasin : «Poème». Quelques instants auparavant elle avait noté sa première phrase, inspirée par la poussière des carreaux et le mot cousu à l'arrière de la robe la renvoya à son activité favorite, la rédaction de son recueil. Et s'il s'agissait simplement d'un hommage de son mari à son activité littéraire ? Un cadeau original, incongru, poétique pour tout dire. Une petite robe à mettre sous verre pour lui dire le prix qu'il attachait à sa production, dont parfois il raillait gentiment le côté enfantin. Elle chassa très vite cette idée tant elle lui paraissait improbable, peu conforme à l'esprit de Paul dont le choix aurait plutôt porté sur une anthologie ou sur l'œuvre complète de l'un de ses poètes préférés, dans une belle édition. De toutes les hypothèses qui se bousculaient dans sa tête celle-ci était cependant la moins dérangeante.

Car une autre pensée se présentait maintenant à elle, pensée folle, terrifiante, tout à fait étrangère à l'univers qu'elle s'était bâti : Paul avait une seconde vie. Depuis des années il entretenait une liaison dont était née cette petite fille qui fêterait ces jours-ci son anniversaire. La robe blanche aux boutons de rose était le cadeau qu'il destinait à l'enfant clandestine, grandissant dans l'ombre de ce jardin voisin du leur dont elle ignorait l'existence, éperdue d'amour pour ce père qui la gâtait. Il lui fallut se secouer pour parvenir à sourire de ce qu'elle échafaudait : dès son retour Paul fournirait une explication logique à ces absurdités, qui dissiperait ses folles théories.

En menant son inspection plus avant elle découvrit la seconde étiquette, plus petite et accrochée à l'une des coutures, qui mentionnait la taille du vêtement : six ans. L'enfant illégitime dont elle avait balayé l'existence quelques secondes auparavant reprit consistance. Ainsi une petite fille de six ans, vivant avec sa mère dans un autre quartier de la ville, pourrait bien avoir Paul pour père. Irène se sentit chanceler de nouveau, elle imagina la blancheur délicate de la chasuble reposant sur les minces épaules, les yeux émerveillés de l'enfant aux cils longs et noirs comme ceux de son père, la tête inclinée sur sa poitrine, contemplant les trois roses sans oser les effleurer du doigt. Lorsqu'elle en fut à se représenter la fillette se jetant dans les bras de Paul pour le remercier elle se sermonna, consciente de la jouissance morbide qu'elle s'infligeait avec cet invraisemblable scénario.

Mais un autre choc la cueillit à la poitrine, plus violent encore. Elle eut beau refaire ses calculs, espérant s'apercevoir de son erreur, il lui fallut se rendre à l'évidence. Cet enfant si ardemment désiré par eux deux lorsque Agnès arriva à l'adolescence, ce second enfant attendu dans la joie et qui avait déserté son ventre au bout de trois mois aurait très exactement six ans aujourd'hui. Elle repensa au voile sombre sous lequel ses journées avaient sombré après l'événement, ce ciel d'orage que seuls l'amour de Paul et les médicaments d'Edith avaient pu dissiper. La brutalité de cette révélation lui arracha un sanglot, la blessure qu'elle croyait refermée depuis des années se rouvrit instantanément et elle se retrouva à genoux devant le placard de Paul, pressant contre son visage la petite robe blanche qui aurait pu faire la joie de cet enfant jamais venu au jour. Les pleurs qu'elle croyait taris jaillirent sans retenue comme si un petit lac de détresse s'était formé en elle jour après jour, attendant ce moment pour déborder.

Depuis longtemps déjà Paul et elle ne parlaient plus de cet épisode douloureux de leur vie de couple. D'ailleurs Paul n'en avait jamais vraiment parlé, il s'était montré tendre et attentif les jours qui avaient suivi la fausse-couche d'Irène, mais dans le même temps il s'était refermé sur un silence blessé. Tout comme elle lui avait dissimulé la profondeur de la dépression qui avait assombri son existence à partir de ce jour. Elle savait pouvoir compter sur lui, toujours prêt à accueillir ses pleurs, mais il n'avait rien laissé transparaître des effets de ce deuil. Elle en prenait conscience aujourd'hui, essuyant du revers de la main ses joues humides en un geste puéril : Paul n'avait jamais parlé de cet enfant mort. Pas davantage il n'avait évoqué le deuil suivant qu'il eut à affronter : la mort de son père, brutalement emporté par une attaque cérébrale. La disparition de cet homme secret à qui il était lié par une muette complicité le laissa sans voix. De temps à autre, les semaines suivantes, il s'approchait d'elle, posait son front contre sa poitrine et pleurait sans bruit pendant qu'elle lui caressait les cheveux, comme elle l'aurait fait pour un enfant au genou écorché.

Paul ne reparla pas de Moritz, n'évoqua aucun des souvenirs qu'il avait gardés de lui et ne s'interrogea jamais devant elle sur l'étrange désir d'Olga après les obsèques, lorsqu'elle lui avait demandé d'aller enterrer au fond du jardin une boîte à biscuits métallique remplie de photographies dont il ignorait jusque-là l'existence et que sa mère ne voulait à aucun prix conserver.

7

Irène attendit que les battements de son cœur s'apaisent puis elle se releva et, d'un geste machinal, remit la petite robe sur son cintre pour la glisser de nouveau entre le costume gris et le blazer. Loin de la renvoyer à la fraîcheur de l'enfance l'étoffe lui évoqua un linceul, il lui parut même étrange de constater à quel point sa blancheur et sa légèreté, contrastant avec les teintes sombres des vêtements voisins, s'associaient pour elle à l'idée de deuil. Lui revint à l'esprit l'échec de leurs tentatives pour surmonter l'apparente stérilité de leur couple. Là encore Paul avait été très présent, l'avait accompagnée dans les innombrables démarches et examens nécessaires à cette intervention, à ses côtés pour chacune de ses prises de sang quotidiennes, sa main ne lâchant jamais la sienne. Mais lorsqu'ils décidèrent de cesser de s'obstiner devant l'absence de résultats, son mari se réfugia de nouveau dans une mélancolie muette, tandis qu'elle replongeait dans la dépression qui venait à peine de s'estomper. Et voilà que six années plus tard, si son hypothèse était juste, il manifestait les effets souterrains de ce deuil sans paroles en célébrant à sa singulière manière ce triste anniversaire.

Tant bien que mal Irène s'efforça de reprendre son travail de tri. Mais il lui devenait impossible de choisir dans la garde-robe de Paul les vêtements susceptibles de sortir de leur existence. Le moindre pantalon, la plus banale chemise lui évoquaient une période de leur histoire qu'elle tentait de resituer dans le temps, par rapport à la date fatidique. Ce gilet, l'avaient-ils acheté ensemble, comme elle croyait s'en souvenir, au cours d'un voyage en Irlande, ou bien la compagne de Paul le lui avait-elle offert à l'occasion d'une fête des pères, accompagné d'un joli dessin et d'un compliment de la fillette ? Ce pull, dont elle ressentait encore la douceur contre sa joue, son mari le portait-il également pour rendre visite à son deuxième foyer, revenait-il à la maison le soir, lui souriant et l'enveloppant dans ses bras après avoir essuyé de sa manche une larme de sa fille ? La conception de celle-ci avait-elle eu lieu au moment de sa fausse-couche ou bien durant la période où Paul et elle s'étaient acharnés à recourir à la médecine ? Cette idée était encore plus insupportable que les autres.

Mais elle devait cesser de se tourmenter, le retour de son mari dissiperait ses doutes, elle lui avouerait ses divagations nées de la découverte de la robe, il la serrerait contre lui en lui expliquant tout et ils riraient ensemble de bon cœur. Malheureusement ses bonnes résolutions tardaient à se concrétiser et le tourbillon de pensées obsédantes refusait de se laisser chasser.

De retour dans la cuisine elle se versa un reste de café chaud, alluma une cigarette et resta accoudée, songeuse, à la table de bois blanc. Exhalant un nuage de fumée elle repensa à une photo d'elle, conservée précieusement malgré la difficulté qu'elle éprouvait à la regarder. Une photo en noir et blanc. Elle s'y tenait debout face à l'objectif, dans une robe fleurie, sur une allée de ciment avec à sa gauche un bassin surmonté d'un petit pont de béton. Le regard adressé au preneur de vue par la petite fille était grave, son visage serré n'était pas éclairé par un sourire, on aurait dit au contraire qu'elle tenait vaillamment debout, comme un petit soldat au garde-à-vous. Une fleur avait été glissée dans ses cheveux ébouriffés, sans doute à l'occasion de la photo, et elle serrait dans ses bras une poupée de chiffon. La poupée s'appelait d'ailleurs Chiffon, elle était encore quelque part dans une panière, au sixième. Elle avait bien songé à l'offrir à Agnès mais n'avait jamais pu s'y résoudre, pas plus qu'à s'en débarrasser.

Elle savait quand ce cliché avait été pris : quelques mois après la mort de ses parents, dans le jardin d'un pavillon, en proche banlieue. L'expression obstinée qu'elle déchiffrait chez la petite fille sans couleurs, curieusement étrangère, lui en disait plus long que ses souvenirs, noyés dans le flou comme le léger tremblé de la photographie. A l'image de celle-ci l'univers dont elle témoignait était gris, sans joie ni douleur excessives, sans profondeur. A l'époque on avait bien tenté maladroitement de lui parler du voyage entrepris par Jean et Danièle, dont ils ne reviendraient pas avant longtemps, de la mission dont son oncle et sa tante avaient été chargés par ses parents : veiller sur elle en l'aimant comme leur propre fille. Aucun des sentiments éprouvés à cette époque de sa vie n'était resté en sa mémoire, seuls les sanglots étouffés de Geneviève et la façon dont plusieurs fois par jour elle la serrait soudainement dans ses bras, l'interrompant dans ses jeux pour lui murmurer des mots tendres, ou bien encore, les yeux embués, la regardant installer les trois couverts de sa dînette.

Une certitude cependant : à compter de ce jour Irène n'avait plus été une petite fille, bien avant d'être arrachée à l'enfance par les premières transformations de son corps. Il lui semblait même qu'une extraordinaire conscience du drame qui se jouait autour d'elle l'avait amenée à feindre la sérénité, à ne pas verser une larme afin de ne pas ajouter au chagrin de son entourage. De cela seulement elle était sûre.

8

Paul descendit de sa voiture et comme la douceur de l'air l'y autorisait, il noua son sweat-
shirt autour de sa taille. Il courut d'abord à petites
foulées puis accéléra progressivement jusqu'à
atteindre sa vitesse de croisière, inspirant deux
fois, soufflant trois fois, tout en fredonnant intérieurement une chanson qui s'accordait à son
rythme. Le bois était peu fréquenté, la plupart des
promeneurs y marchaient à pas lents, nombre
d'entre eux laissaient pendre une laisse à leur main
pendant que plus loin leurs chiens divaguaient
entre les buissons. On entendait de temps à autre
un sifflement aigu ou un rappel autoritaire qui
trouait le silence de la matinée. Accroupis au bord
du lac, des enfants donnaient du pain aux canards
et sortis de leur engourdissement par les premiers
rayons du soleil les oiseaux sautillaient d'une
branche à l'autre.

Paul se sentit bien, comme si ce semblant de nature aux portes de la ville suffisait à lui remettre les idées en place, atténuant la bizarrerie de son acte de la veille. Il s'engagea sur un sentier qui s'enfonçait dans les profondeurs du bois. La terre souple sous ses pieds lui donnait l'impression d'une totale légèreté. Bientôt il fut absolument seul, bercé par le martèlement régulier de ses pas et le chant des oiseaux. C'était son instant préféré, celui où il jouait avec la sensation de s'être perdu dans une forêt immense au sein de laquelle le soleil seul le guiderait, sensation contrebalancée par la certitude rassurante de croiser tôt ou tard un chemin bitumé qui le ramènerait vers la civilisation. Une exploration sans danger, une aventure enfantine semblable à ses jeux d'autrefois en compagnie de ses héros de bandes dessinées et conforme à sa vie d'aujourd'hui, solidement bâtie sur des repères immuables, dont la fantaisie balisée connaissait ses limites précises et s'en satisfaisait.

Avec un frisson de plaisir il pensa que le week-end de trois jours ne faisait que commencer : après sa course il rentrerait à la maison pour se jeter sous la douche, peut-être, s'il la sentait disponible, inviterait-il Irène à le rejoindre sous la couette. Il imagina sa femme, se livrant en son absence à des rangements minutieux, hochant la tête devant le désordre de ses papiers accumulés autour de l'ordinateur, puis saisissant son carnet et ajoutant un poème à son recueil dans le calme de leur appartement, les fenêtres entrebâillées pour laisser entrer l'air printanier. L'image d'Irène penchée sur sa page blanche avec une application d'écolière l'attendrit et dans la seconde qui suivit réapparut devant ses yeux la petite robe blanche de chez «Poème». Dans l'existence transparente de Paul l'innocence du modèle aux trois roses faisait figure d'énigme. Quelle force l'avait donc poussé à l'acquérir et à le cacher ?

Il s'ébroua et reprit sa course. La boucle qu'il avait empruntée le ramena en bordure du lac, près de la cascade où les promeneurs, plus nombreux en cette fin de matinée, se livraient à leurs occupations habituelles. Il monta la déclivité en commençant à ressentir une fatigue certaine dans les jambes. Il se livra à quelques mouvements d'assouplissement, puis descendit les escaliers de pierre pour se rendre dans la grotte, sous la cascade.

Il s'y assit sur l'un des rochers et s'absorba dans la contemplation du bassin, scintillant au-delà du rideau liquide. Il repensa à Moritz. C'était là, précisément, que son père prenait place à ses côtés chaque dimanche pour lui faire réciter ses leçons de la semaine à venir. C'était aussi le lieu de leurs conversations secrètes, un des rares moments où ce personnage silencieux et taciturne livrait à son fils quelques bribes de son histoire, comme si la caverne artificielle, par son aspect théâtral et souterrain, le poussait à la confidence. Il lui disait peu de chose, en vérité, mais laissait entendre que sa philosophie pessimiste lui avait été dictée par les cruautés de la vie. Comme tout enfant qui saisit intuitivement la tristesse de l'un de ses parents, Paul ne posait aucune question, respectant à son insu le mutisme paternel, ne franchissant aucune des barrières dressées par l'homme déjà âgé qui lui accordait sa tendresse. Il aimait cependant ces moments d'intimité partagés avec lui pendant que sa mère, dans les fumets de sa cuisine, leur préparait un de ces robustes plats d'Europe de l'Est dont elle avait le secret.

Devenu adulte, Paul avait maintenu cette habitude. Chaque dimanche matin il passait prendre son père et l'emmenait au bois pour une promenade qui se terminait toujours dans la grotte sous la cascade, pour un moment de proximité économe de mots. La disparition de Moritz n'avait pas mis fin à ce rituel, prolongé en solitaire par son fils à l'issue de ses courses hebdomadaires dans le bois. Mais pour la première fois ce jour-là, une question lui imposa son évidence. Assis sur le rocher, ayant laissé comme toujours un espace libre à ses côtés, il se demanda pourquoi il ne se l'était pas posée plus tôt : ces rencontres avec son père poursuivaient-elles un objectif plus précis que celui d'un affectueux tête-à-tête ? En attendait-il confusément quelque chose qui n'avait pas été satisfait du vivant de son père, au point de les avoir répétées obstinément, bien après la mort de celui-ci ? Avait-il entretenu l'espoir de déchirer le silence de Moritz, l'avait-il espéré inlassablement au fil de leurs muets échanges dans la caverne, l'espérait-il encore aujourd'hui, seul sur sa pierre, des années après la disparition de son père ?

9

Au moment précis où elle entendit la clef de Paul s'introduire dans la serrure se produisit un phénomène étrange dans l'esprit d'Irène : ses projets d'éclaircissement du mystère de la robe s'évanouirent instantanément. Elle se reprocha sa grande lâcheté mais il n'était pas question pour elle d'affronter le visage troublé de son mari, révélateur du secret dont il devait à tout prix la tenir à l'écart. Pas question davantage de le sentir obligé d'élaborer un mensonge dans la seconde, une histoire maladroitement brodée pour la rassurer. Elle ne lui demanderait rien. Cette décision lui pesa mais cependant elle allait se taire, accrocher ses doutes sur le cintre de la petite robe blanche, entre le costume anthracite et le blazer bleu marine.

Paul se pencha sur elle pour l'embrasser. Elle lui sourit, espérant qu'il ne remarquerait pas l'effort que lui coûtait ce sourire, puis elle lui dit qu'il aurait besoin d'une bonne douche. En l'entendant chantonner dans la salle de bains elle se demanda de nouveau si la duplicité dont elle le soupçonnait avait vraiment quelque fondement. Tout était en place dans son univers familier : les meubles de bois clair, le bouquet de tulipes sur la table basse, la perspective d'un après-midi calme, son mari dont elle entendait la voix mélodieuse se mêler à la cascade de la douche. Tout ressemblait à ce qui avait fait son bonheur depuis des années et pourtant tout avait basculé, à la seconde même de la découverte d'un intrus dans cet univers. Paul revint dans le salon, en peignoir et les cheveux mouillés, il posa sa main sur son épaule et d'une pression à peine insistante lui laissa entendre son désir. Elle faillit résister mais pensa que son refus allait engendrer un étonnement, donner naissance à une discussion dont, à un moment ou à un autre, émergerait la petite robe blanche. Elle le suivit dans la chambre.

Quelques instants plus tard la bouche de Paul s'emparait des zones les plus sensibles de son corps et elle ne fut pas étonnée d'éprouver la plus grande difficulté à s'abandonner, ne réagissant pas aux caresses qui jusqu'à présent lui avaient fait perdre la tête. La complicité tissée entre eux par les années ne produisait pas ses effets attendus, et pour la première fois depuis sa rencontre avec Paul

elle simula le plaisir. Son mari gémissait doucement, allant et venant au fond d'elle et elle s'obli-
geait à gémir également pendant qu'un souvenir,
impossible à écarter de son esprit, venait faire
écran à sa jouissance : ces pénibles moments de
leur quête, quand les variations de sa courbe de
température leur fixaient des dates précises de rencontre sexuelle. Les démarches qu'ils avaient
entreprises nécessitant des analyses quotidiennes,
elle portait alors en permanence un petit sparadrap
à la saignée du bras. Dans ces moments centrés sur
l'idée de conception, le désir de Paul s'effaçait
pour elle derrière le désir d'enfant. L'acte d'amour
devenait alors une gymnastique obligée, visant
exclusivement à la rencontre du sperme de son
mari avec l'un de ses ovules, stimulés par des
injections d'hormones.

Souhaitant abréger ce rappel pénible elle feignit
un orgasme et Paul la suivit de près, avec un bref
cri. Il s'endormit presque aussitôt et lorsque sa respiration se fit plus profonde Irène fut envahie par
le pénible sentiment de l'avoir trompé pour la première fois. Cette misérable comédie lui parut insupportable, indigne de leur amour et elle mesura une
fois encore l'ampleur des effets sur elle de la
découverte de la robe. Se glissant hors du lit elle se
dirigea vers la cuisine pour préparer son troisième
café de la journée, puis sa tasse à la main, elle entra
dans l'ancienne chambre d'Agnès et ouvrit le pla-

card de Paul pour se confronter de nouveau à l'objet de son angoisse.

Elle écarta les vêtements qui enserraient la petite robe et celle-ci lui apparut, plus immaculée encore que dans son souvenir. Elle la contempla, en détailla la finition, les plis plats, les roses et ne put s'empêcher d'en prolonger les contours. A partir de l'ourlet du bas elle dessina mentalement deux jambes de fillette qu'elle termina par une paire de socquettes bordées de dentelle, disparaissant dans des chaussures vernies à brides, elle ajouta aux emmanchures des bras délicats légèrement veinés de bleu mais elle eut le plus grand mal à faire surmonter le tout par un visage d'enfant. Celui-ci demeura brouillé, comme sur une photographie floue, laissant deviner la trace indécise d'une bouche, les deux trous noirs des yeux et la masse confuse d'une chevelure en désordre. Elle recula, comme sujette à une hallucination : une petite fille morte, suspendue à un cintre dans le placard de Paul, se balançant doucement dans la pénombre. Elle porta la main à sa bouche et se mordit l'index jusqu'au sang, comme pour s'éveiller d'un mauvais rêve puis elle rabattit brutalement l'écran gris et bleu sur la silhouette fantomatique.

Une exclamation étouffée en provenance de la chambre la fit sursauter. La voix de Paul émit une protestation, puis des mots incompréhensibles sur une tonalité plaintive inconnue d'elle. Elle se précipita auprès de lui pour le trouver assis dans le lit, les cheveux encore mouillés dressés comiquement sur sa tête. Elle faillit sourire à cette vision et le plaisanter sur son aspect hirsute mais l'expression catastrophée lisible sur son visage l'en dissuada. Il lui dit avoir fait un cauchemar. Lorsqu'elle lui demanda d'en faire le récit il lui dit ne pas s'en souvenir. Il pouvait seulement affirmer qu'il s'agissait de son père : il était revenu, il lui avait fait peur.

10

Paul tenta de se rendormir afin d'effacer les traces de son rêve. Comme à l'accoutumée il lui en restait peu de chose, hormis le visage de Moritz, ravagé par une douleur indicible. Cette image du rêve était probablement la cause de son réveil : son père à son bureau, non pas dans l'attitude toujours connue de Paul, lunettes sur le front, alignant des chiffres de sa belle écriture penchée, mais cassé en deux, la poitrine sur le buvard, le visage rouge brique, grimaçant. C'est ce masque totalement inconnu sur le visage d'un homme que jamais de sa vie il n'avait vu pleurer, ni rire aux éclats qui avait terrifié Paul. Aussi loin qu'il s'en souvienne les expressions de Moritz s'étaient toujours limitées au demi-sourire ironique ou au froncement de sourcils irrité, palette on ne peut plus restreinte suffisant à traduire ses émotions. Au point que Paul avait pu l'imaginer n'en ressentant aucune, quand sa mère, au contraire, ne dissimulait jamais ses sentiments et ne se montrait avare ni de pleurs ni d'exclamations, dans lesquelles se glissaient parfois des mots de sa langue d'origine. Si une douleur, comparable à celle exprimée dans le rêve, avait habité son père, celui-ci l'avait endiguée avec une incroyable énergie au point de n'en laisser surnager que sa philosophie apparemment désabusée de la vie, son pessimisme silencieux.

Le plus troublant résidait dans l'aspect menaçant de ce visage congestionné par la douleur, déformé au point d'en être méconnaissable. Mais n'était-ce pas plutôt l'origine de cette souffrance qui avait donné à Paul le sentiment d'un danger ? Il aurait bien aimé voir se dissiper cette image mais il la sentait prête à s'installer en lui pour hanter sa journée. Le visage si familier rendu tout à fait étranger par le débordement sur ses traits d'un absolu bouleversement allait se superposer à tous les événements de l'après-midi. Il souhaita se rendormir jusqu'au lendemain.

Le silence était presque total, seule la rumeur lointaine de la rue lui parvenait. Après qu'elle fut venue lui parler dans la chambre, alertée par son réveil angoissé, il n'entendait plus Irène aller et venir dans l'appartement. Sans doute était-elle attablée devant son bloc-notes, mordillant un stylo dans l'attente d'une inspiration. Il l'avait sentie légèrement distante pendant l'amour, pourtant elle avait réagi à ses caresses et avait pris son plaisir, mais elle ne lui avait pas murmuré ces mots incohérents ponctuant d'habitude sa jouissance. Lui-même s'était senti un peu loin de leur étreinte, se livrant mécaniquement à la succession des étapes de leur rituel amoureux. Ils se connaissaient bien, ils avaient appris au fil des années à jouer chacun avec talent de l'instrument de l'autre, l'ébauche d'un mouvement suffisant à transmettre le message d'un désir, reçu et satisfait dans la seconde. Parfois Paul se plaisait à maintenir Irène à la crête d'un orgasme sans tout à fait le déclencher, faisant languir sa partenaire tout en maîtrisant avec précision, comme s'il s'agissait de son propre corps, le geste infime apte à libérer le flot du plaisir. Mais les choses s'étaient déroulées différemment cette fois, sans fantaisie et sans surprise. A l'exception d'une idée dérangeante que Paul aurait volontiers écartée.

Il se souvint avoir recouru, l'espace d'un instant, à un fantasme précis pour maintenir sa tension. Une image fugace s'était imposée un quart de seconde, image destinée à sombrer dans l'oubli mais qui, lui revenant trop précisément à l'esprit, l'avait tiré de son engourdissement. Quand Irène, cambrée, avait basculé la tête en arrière pendant qu'il goûtait aux lèvres de son sexe, lui offrant la seule vision de ses seins aux pointes dressées, il l'avait revêtue de la robe blanche, incongrue dans une taille adulte.

Relevée jusqu'à la taille dans un désordre froissé elle laissait apparaître entre les jambes de sa femme, au-dessus de la fente de son sexe, le bouton palpitant tapi comme un cœur de rose au sein de sa toison. Il l'avait déchirée avec violence, arrachant de ses dents au passage les fleurs d'étoffe pour les recracher sur les draps comme des noyaux de cerise et ce bref fantasme avait déclenché son orgasme.

Il eût préféré que cette image disparaisse dans le sommeil qui avait suivi son étreinte avec Irène mais elle était venue s'ajouter à celle du visage écarlate de son père, déformé par la douleur, pour ne plus le quitter de la journée.

Son projet de sieste prolongée lui parut finalement une mauvaise idée. Ses pensées tournant en roue libre devenaient source d'angoisse, entretenues par l'obscurité de la chambre et par sa position allongée, le transformant en pur esprit. Il entra dans le salon, où, comme il le supposait, Irène écrivait, penchée sur la table. Il s'approcha sans bruit pour la surprendre d'un baiser dans le cou, mais, comme si elle se tenait sur ses gardes, elle se retourna brusquement. Elle eut un sourire contraint, et, le voyant se diriger vers elle, referma son carnet d'un geste que Paul jugea précipité.

11

Ils décidèrent tous deux d'aller se promener pour profiter d'un soleil fugace. En passant devant l'amoncellement de sacs de la Croix-Rouge dans le hall de leur immeuble, Paul eut un mouvement de recul. Consciente de l'évocation suscitée dans l'esprit de son mari par ce spectacle, Irène lui dit d'un ton las qu'elle n'avait pas eu le courage cette année de se livrer au tri de leurs affaires. Elle nota un perceptible soulagement dans l'expression de Paul et fit le constat de son troisième arrangement avec la vérité depuis le matin.

Ils marchèrent jusqu'aux quais sans échanger un mot, sans se saisir la main. Ils n'avaient songé ni l'un ni l'autre à appeler des amis pour se promener avec eux ni envisagé pour le soir une sortie au restaurant, se dit Irène. Pour la première fois depuis bien longtemps – mais il y avait décidément beaucoup de premières fois ce samedi-là – elle aurait préféré se promener seule, pour se livrer sans frein à ses suppositions. Il semblait en être de même pour son mari, plongé dans ses réflexions. La proximité de Paul la gênait, elle luttait pour détourner son esprit de la petite robe comme si le seul fait de la convoquer en pensée allait la faire surgir devant eux, maculée de boue et répandant sa souillure sur le trottoir, pour les obliger à une confrontation avec cet impossible. Quoique songeur et muet, Paul avançait, de ce pas tranquille dont il était coutumier. Cet homme dont elle partageait l'intimité pouvait-il à ce point cliver son esprit entre deux existences et marcher ainsi à ses côtés, sachant ce qu'abritait son placard, sans la prendre tout à coup par les épaules ou s'effondrer en larmes pour lui avouer sa trahison ?

Beaucoup de ses relations féminines parlaient de la lâcheté des hommes : ils n'avouaient une liaison que le dos au mur et pouvaient mener des années durant une double vie, au contraire des femmes qui, disaient-elles, ne supportaient pas de prolonger d'un jour leur proximité avec un homme qu'elles n'aimaient plus. Irène se montrait moins tranchée dans ses jugements et les échanges avec ses amies prenaient souvent un tour passionné, surtout lorsqu'elles abordaient la question des rapports de couple.

Edith, la mère d'Hélène, une intime de longue

date qui exerçait comme médecin des hôpitaux, soutenait une idée répandue selon laquelle les hommes fonctionnent au pur désir physique, quand les femmes sont à l'écoute de leurs seuls sentiments, fidèles en cela à la notion médiévale d'amour courtois, où le tendre discours vient supplanter l'acte même. Irène l'avait souvent contredite sans pouvoir lui en donner les raisons précises. Elle se sentait confusément en désaccord avec ce lieu commun sur la différence des sexes qui ne correspondait en rien à ce qui se jouait dans sa relation à Paul. Bien des fois le désir, contrairement aux affirmations d'Edith, lui avait paru le moteur le plus puissant de son attachement, lié à la sensation d'un manque en elle comblé par la présence physique de son mari, alors qu'en revanche Paul lui semblait, dans sa façon de remettre son existence entre ses mains et de s'abandonner à elle, se situer bien davantage du côté de l'amour. Cette sensation n'était jamais aussi précise qu'au moment de leurs rapports charnels, mais sa pudeur naturelle la retenait d'en parler avec son amie.

Edith, férue de psychanalyse, postulait également l'existence chez l'homme d'un rapport fétichiste à la femme, fait de silence et d'adoration de l'objet, fût-il partiel. Elle se plaisait à scandaliser Irène en lui assénant des formules définitives, selon lesquelles le sexe fort pouvait fort bien soumettre son désir à la loi d'une poitrine, d'une paire de fesses ou d'une cuisse, tout mettre en œuvre pour posséder l'un de ces objets sans faire intervenir un seul instant dans son fantasme la personnalité de celle qui en était porteuse. Sur ce point, Irène se montrait plus prudente et moins portée à la controverse, les allégations d'Edith étant en partie confirmées par l'insistance de Paul à lui faire parfois revêtir certaines pièces de lingerie. Son amie médecin concluait en général leur échange en décrivant un rapport au sexe muet chez l'homme, bavard chez la femme. Irène ne pouvait la contredire, ayant toujours senti que l'écriture de ses poèmes donnait consistance à ses sentiments, et pensant secrètement à ces phrases insensées qui s'imposaient à elle quand le plaisir la submergeait.

Ils marchaient maintenant côte à côte dans une rue piétonnière où se succédaient des magasins de mode. Ils passèrent devant une boutique pour enfants, exposant des tee-shirts et des robes. Paul regarda droit devant lui et Irène sut aussitôt pourquoi. Une pensée qui ne l'avait pas encore traversée lui vint à l'esprit, s'accrochant au souvenir de ses échanges avec Edith, pensée contre laquelle elle lutta de toutes ses forces : et si l'achat de la petite robe blanche avait pour objectif de satisfaire un fantasme sexuel de Paul ? Elle tressaillit en imaginant son mari, le visage enfoui dans l'étoffe blanche aux senteurs d'apprêt. Cette vision ouvrait sur un abîme. Elle se sentit incapable d'en affronter les suppositions ignobles. Elle revit Agnès petite fille, se souvint des exigences de Paul quant à son habillement, des tenues et des robes choisies par lui avec goût et préféra détourner son attention de cette question qui ne l'avait encore jamais effleurée. Elle réentendit les paroles brutales d'Edith à ce sujet, affirmant qu'une seule alternative se présente aux mères dans ce domaine : elles ne peuvent être qu'aveugles ou complices.

12

Lorsqu'ils revinrent de leur promenade Irène se sentit épuisée, bien davantage par sa lutte contre les évocations insupportables que par les kilomètres parcourus. Ils se préparèrent un thé et Paul se réfugia bientôt dans la pièce où il avait l'habitude de pianoter sur le clavier de son ordinateur. Elle déposa sa tasse sur la table basse du salon, sortit d'un tiroir le bloc sur lequel elle notait ses idées de poèmes et s'absorba dans la contemplation des quelques lignes jetées sur le papier. Elle y décrivait la petite robe blanche : son inspiration du moment la lui avait fait représenter déchirée. L'un des plis plats était ouvert jusqu'à la rose d'étoffe qui lui donnait naissance, une bretelle pendait, arrachée, le tissu en était taché comme si la chasuble avait été l'objet d'une violence particulière, écartelée par des mains malveillantes la laissant en lambeaux sur le sol. Elle se souvint de sa précipitation de ce matin à refermer son carnet, à peine avait-elle entendu une latte du parquet grincer derrière elle, de peur que Paul, penché par-dessus son épaule, ne vît où en était son travail. Encore une chose à lui cacher, un secret à ajouter à la série déjà longue des dissimulations dont la journée avait été émaillée.

Irène éprouvait pourtant une haine solide du mensonge, une aversion qui l'avait tenue à l'écart de toute affabulation, jusqu'à aujourd'hui. Elle en avait terriblement voulu à Geneviève de lui avoir si longtemps caché la vérité, de s'être obstinée à lui détailler un récit stupide dont l'invraisemblance aurait sauté aux yeux de n'importe quel imbécile. Et elle s'en était voulu d'y avoir prêté foi. Comme si Danièle et Jean avaient pu prendre une telle décision sans lui en souffler mot, sans envisager d'emmener avec eux leur petite fille unique et chérie ! Et tout au long de son enfance cette rancœur lui avait fait mal tant il était difficile de la faire cohabiter avec la profonde tendresse qu'elle vouait à sa tante, dont elle comprenait trop bien le silence. Et Geneviève s'était entêtée, avec ses yeux fuyants et sa douleur si vive, à broder des variations sur les impératifs de la vie, ces contes pour tout-petits dans lesquels elle s'était enlisée, au point de les prolonger bien au-delà des dix ans d'Irène. Et la fillette de la photo avait voulu y croire, comme elle avait voulu croire aussi longtemps que possible à la réalité des lettres lues par sa tante, remplies de banalités et de mots affectueux signés Danièle et Jean. Elle les écoutait pourtant sans en être dupe, buvant ce mensonge jusqu'à la nausée, dans sa robe fleurie et sous son casque de cheveux rebelles, Chiffon serrée contre sa poitrine.

Aux abords de l'adolescence, lorsque ses seins commencèrent à pointer sous sa robe et que ses premières règles laissèrent une trace brunâtre au fond de sa culotte, il avait fallu réunir un conseil de famille pour persuader son oncle et sa tante, entourés du reste de leurs proches, de lui parler du drame. Ils s'en étaient acquittés avec des mots si maladroits, avec tant de réticences et de larmes qu'elle avait choisi, des années durant, de maintenir la fiction dans laquelle elle avait été élevée. Une digue invulnérable, pensait-elle, contre le raz de marée dont elle percevait parfois le fracas, très loin au fond d'elle-même, qui menaçait de submerger son existence et celle de ceux qu'elle aimait. Aux côtés d'une vérité terrible dont elle n'avait jamais douté elle avait maintenu ce mythe du voyage sans retour de ses parents. Au fond il s'agissait bien de cela : Danièle et Jean avaient choisi de partir très loin sans elle, de disparaître brutalement sans qu'elle puisse en saisir les raisons, la laissant seule dans ce jardin, toute droite sur une allée de béton avec sa poupée dans les bras.

Où était donc cette photo ? Probablement dans la malle remisée au sixième, remplie de souvenirs de ces années dans le pavillon de banlieue. Pleine à ras bord de jouets, de baigneurs en celluloïd, de livres de la Bibliothèque rose qu'elle n'avait jamais pu se résoudre à ranger sur les étagères d'Agnès, tant elle craignait que celle-ci puisse y déchiffrer les pans les plus douloureux de son histoire. Peut-être devrait-elle se décider à faire un grand ménage là-haut, pour remplir un nouveau sac de la Croix-Rouge, peut-être devrait-elle surmonter sa répulsion et soulever le couvercle d'osier sur ce chapitre de sa vie si vite et si mal refermé. Chiffon y dormait, allongée sur un lit de cahiers où courait son écriture impeccable, tout en ronds et déliés d'un bleu outremer. Il y avait si longtemps qu'elle ne s'était plongée dans la légère odeur de moisi de ses vieux chandails tricotés main et dans la poussière ouatée déposée là par des années de sommeil. Elle y songerait demain, se dit-elle en regardant l'oblique des derniers rayons du soleil traverser ses carreaux impeccables.

Le jour commençait à décliner, elle alluma quelques lampes dans le salon, et tendit l'oreille vers le cliquetis du clavier de Paul, occupé sans doute à rédiger son rapport de stage pour le début de la semaine. Et ce moment exprimant d'ordinaire la paix du soir devint pour elle, dans l'obscurité naissante, quelque chose comme une antichambre de la mort. Il lui fallut faire appel à toute son énergie pour secouer cette chape humide et collante, se lever et envisager de préparer le dîner. Il lui fallait, par le tintement métallique de ses ustensiles de cuisine, rompre un silence qui sans cela s'installerait pour toujours : Paul n'allait jamais sortir de son bureau, Agnès n'allait plus donner signe de vie, rien n'aurait plus la saveur du bonheur et elle-même allait rejoindre dans son immobilité absolue la petite fille de la photographie toute de noir et blanc.

13

Paul avait entrepris de noter sur son ordinateur les points essentiels abordés par les conférenciers durant sa semaine de stage. Autrefois, avant de se lancer dans l'écriture d'un rapport, il adorait acheter un cahier dont il faisait rapidement défiler les pages pour se griser de leur parfum de papier neuf puis il laissait glisser son stylo le long des lignes comme sur une neige vierge. Le progrès lui avait apporté la machine ronronnante avec laquelle il avait noué de nouvelles attaches, établi de nouveaux rituels. Le déclic de l'interrupteur déclenchait immanquablement en lui le besoin d'une cigarette, dont il tirait la première bouffée en contemplant les instructions affichées sur l'écran. Le plaisir de l'informatique avait supplanté celui du papier et se maintenait intact, aussi vif à chaque session de travail, la jouissance du tabac associée à celle de l'écriture.

Avec la venue du soir la luminosité de l'écran gagna en intensité. Paul alluma la lampe de son bureau et relut la page qu'il venait d'écrire. Il la sauvegarda, se frotta les yeux, puis se demanda comment employer le temps qui lui restait jusqu'à l'heure du dîner. D'ordinaire il savourait ce moment de la journée, la tranquillité de leur appartement associée à la perspective du repos du lendemain, la présence apaisante d'Irène dans la pièce voisine. Un peu comme lorsqu'il se plongeait dans ses constructions de maquettes sous la lampe de sa chambre pendant la séance de repassage hebdomadaire de sa mère. Il entendait le glissement du fer sur l'étoffe, le soupir régulier de la vapeur et il éprouvait un sentiment de totale sécurité. Rien de fâcheux ne pouvait alors lui arriver, la proximité de ses divinités tutélaires le lui garantissait, la voix chantante de sa mère fredonnant des mélodies dans une langue où les *r* roulaient comme des cailloux, le froissement des pages du journal de son père rythmant le temps qui s'étirait.

Cette pensée le plongea dans une brutale tristesse, il sentit ses yeux s'emplir des larmes appelées par cette trop précise évocation. Il avait si peu pleuré, il s'était si peu laissé aller à la volupté du chagrin, même lorsqu'il avait déposé un baiser sur le front glacé de son père. Il ouvrit presque sans y songer un nouveau document, pressentant que seule l'écriture pourrait donner forme à cette nostalgie qui s'emparait de lui. Le début de soirée laissait planer sur sa tête comme un ciel d'orage, lourd et charriant des nuages de boue. La petite robe blanche lui apparut, complètement dévêtue de son innocence au point d'en devenir menaçante, un spectre poussant les battants du placard pour planer dans l'appartement, incapable de trouver le repos, exigeant son dû. Peut-être pourrait-il en tenter une description qui l'apaiserait, peut-être sa présence secrète dans la maison ferait-elle naître un poème, naïf et sage comme ceux de sa femme ? Les phrases alignées maintiendraient alors la petite robe dans leur marge et tout rentrerait dans l'ordre, cette soirée redeviendrait ce qu'elle aurait dû être, ce qu'elle était avant cet achat, calme oasis au milieu d'un week-end qui allait se prolonger jusqu'au mardi matin. Il imagina la robe irradiant d'une lueur bleutée dans son placard, douée d'une vie propre, luminescente comme les aiguilles de sa montre la nuit venue, mais il lui manquait la pratique du tranquille artisanat des mots, apanage d'Irène, et il renonça à ce projet, surpris d'avoir pu même l'envisager.

Alors survint une image violente. Il aurait souhaité pouvoir l'écarter d'un geste mais elle se fit insistante, floue d'abord puis gagnant en définition, comme s'il avait tourné la molette d'un objectif. Irène allongée sur le lit, criant de douleur et de désespoir, des caillots noirs entre les cuisses. Des heures de lutte, poings serrés, assaillie par des vagues de contractions, pour finir par laisser glisser entre ses jambes cette amorce de vie dormant dans la chaleur de son ventre. Au milieu de cette masse liquide et palpitante la silhouette entrevue, plutôt devinée que réellement perçue, de cet enfant ébauché replié sur lui-même, prolongé par un cordon blanchâtre et emballé dans un suaire translucide.

S'agissait-il d'un garçon ou d'une fille, ce fruit de leur amour réduit à l'état de déchet, cet organisme inachevé, pour lui sans consistance, mais se rappelant ce soir à son souvenir ? Aurait-il gagné en épaisseur s'il avait pu le nommer, se serait-il paré d'un semblant d'existence ? Paul aurait-il éprouvé quelque soulagement à crier son prénom, à le pleurer comme un être cher et non comme l'impossible deuil d'une espérance déçue ?

Il se tourna vers le souvenir de son père, l'appelant au secours : le portrait du vieil homme silencieux pourrait donner matière à d'innombrables pages s'il s'y attelait. Mais l'œil fixé sur l'écran, les mains figées sur le clavier Paul prit conscience de l'insurmontable difficulté pour lui de mettre en mots ses sentiments. Tout relevait de l'impalpable : regards échangés, sourires, main posée sur un bras en témoignage de tendresse, mais rien qui puisse précisément se dire, encore moins s'écrire. Il n'avait encore jamais songé à quel point l'opacité de Moritz lui interdisait tout recours à la parole. Pourtant ce dernier était loin d'être inconsistant, il était une figure centrale de son histoire, un personnage emblématique, aurait-il pu dire.

Mais emblématique de quoi? C'était là son mystère, scellé comme le couvercle d'un sarcophage sur son secret tandis qu'il affichait l'énigmatique et distant sourire des pharaons.

14

Ils dînèrent sans échanger un mot. Les fenêtres entrebâillées de la cuisine laissaient parvenir jusqu'à leur table les musiques et les éclats de voix des immeubles avoisinants. De temps en temps Paul relevait la tête et souriait à Irène qui mangeait sans appétit. Elle lui suggéra d'aller se remettre au travail pendant qu'elle débarrasserait la table et il s'empressa de lui obéir, trop heureux d'échapper au silence, après lui avoir déposé un baiser sur le front. Elle éprouvait le besoin de rester seule, de ne pas avoir à affronter le regard de Paul, dont la tendresse dissimulait probablement des abîmes de tromperie. Il retourna s'enfermer dans son bureau et elle entendit bientôt le cliquetis nerveux de son clavier. Elle choisit ce moment pour fouiller dans le tiroir de la commode de l'entrée, en sortir un trousseau de clefs et se glisser sans bruit hors de l'appartement pour monter les escaliers qui menaient au sixième.

Le couloir des chambres de bonnes était faiblement éclairé par une ampoule nue et derrière certaines des portes numérotées elle entendait une rumeur de conversations, de la musique échappée d'une télévision ou d'un transistor, témoins d'une vie presque clandestine, parallèle à celle des appartements de l'escalier principal. Elle fit jouer la clef dans la serrure du débarras et entra dans la pièce obscure. Lorsqu'elle actionna l'interrupteur elle fut frappée par le désordre qui régnait, n'ayant plus le souvenir d'y avoir stocké tant de vieilleries. Des piles branlantes de livres, des jouets usagés d'Agnès, une carcasse de chaise longue, un antique poste de radio en noyer et la malle d'osier, déposée juste sous le vasistas. Une maquette de bateau dressait ses trois mâts, souvenir de la passion de Paul enfant, et le carton éventré d'un train électrique bâillait sur un assortiment de rails. Elle caressa la joue d'une poupée qui avait fait l'admiration de sa fille, et qui fixait le mur opposé de ses yeux de porcelaine, le crâne brisé. Elle se souvint qu'à l'occasion d'une fête de Noël Paul avait offert à Agnès un trousseau complet pour habiller le joli baigneur, des sous-vêtements, une minuscule robe à fleurs, des souliers à bride. Elle frissonna. Consciente de retarder le moment d'ouvrir la malle, elle fit encore une fois le tour des objets entreposés. Lorsqu'enfin elle en fit claquer les serrures elle ne vit pas Chiffon, comme elle s'y attendait, mais une grande enveloppe qui la recouvrait, portant le sigle d'un hôpital et frappée d'un tampon sur lequel figurait une date, déjà ancienne. Elle reconnut les radiographies et les résultats d'examen datant de la période où Paul et elle avaient tenté l'aventure de ce second enfant. Elle se souvint les avoir déposés là, ne supportant plus de les avoir sous les yeux chaque fois qu'elle ouvrait sa commode.

Le temps avait passé si vite, elle devait approcher de la quarantaine quand elle avait subi l'intervention qui l'avait amenée à surveiller ses cycles de très près et aujourd'hui déjà ses règles, après s'être espacées, n'étaient plus qu'un souvenir. Ce changement rapide, cette modification prématurée du fonctionnement de son corps, sans doute due aux manipulations médicales, l'avait profondément troublée. Quelques mois auparavant elle s'était demandé si cette horloge allait lui manquer maintenant qu'elle cessait de rythmer sa vie, puis elle s'était dit qu'elle n'aurait plus à se soucier une fois par mois de cet inconvénient. Elle s'était réconfortée en se disant que s'il n'était plus question pour elle de devenir mère elle n'en restait pas moins femme, mais elle avait vécu cet événement comme un deuil supplémentaire, la plongeant de nouveau dans un épisode dépressif de quelques semaines.

Ses règles n'avaient jamais constitué un obstacle à leur vie de couple, Paul ne se souciant aucunement de ce qui rebutait paraît-il certains hommes, aux dires de ses amies. Elle le revoyait se retirer d'elle, lui montrant en riant son sexe maculé. Elle l'aimait plus encore dans ces moments où son désir impatient ne supportait pas l'attente et où il ne manifestait aucune répulsion pour ce flot échappé de son corps.

Soudain, soulevant l'enveloppe bleue pour accéder à sa vieille poupée, elle fut envahie par une angoisse qui la cloua sur place et fit trembler ses mains. Elle resta penchée, hésitant à poursuivre son exploration, bloquée par la peur d'une découverte : la robe blanche pliée dans la malle, pointant vers elle ses trois boutons de rose. Elle imagina le petit vêtement de deuil, jauni par des années de séjour dans l'ombre, lui sautant au visage comme l'un de ces diables qui jaillissent d'une boîte pour arracher des hurlements de terreur aux enfants. Mais sous l'enveloppe Chiffon était bien à sa place, déposée sur ses anciens cahiers d'écolière. Tellement moins jolie que dans son souvenir, tellement moins vivante aussi, comme si l'exil prolongé dans le débarras l'avait fanée, privée de la chaleur des bras qui l'avaient bercée et vidée des rêves de l'enfant dont elle avait partagé l'intimité. Mais dès qu'elle la saisit Irène en retrouva aussitôt sous ses doigts la consistance familière et balbutiant des mots sans suite elle la serra contre son cœur. Dans ce moment précis elle se reconnut, c'était bien elle la petite fille de la photographie : elle était et elle serait à jamais cette petite fille morte le jour où ses parents l'avaient abandonnée pour un voyage sans retour.

15

Paul se tenait immobile, face à l'écran de son ordinateur, en proie à une violente migraine après avoir tenté en vain d'écrire sur son père. Il se sentait profondément découragé, les tempes battantes : décidément les mots se montraient rebelles dès qu'ils s'éloignaient de son univers professionnel. Il avait pourtant essayé de commencer à taper quelques souvenirs, mais pas un instant il n'était parvenu à décoller de la réalité des faits, si bien que le récit mis en place présentait la froideur de son rapport de stage. Il ferait d'ailleurs aussi bien de s'y remettre, se dit-il, et durant plus d'une heure il se remémora les différentes interventions des conférenciers de la semaine, afin d'en dégager les lignes de force et les mots-clefs.

Ce travail pour lequel il manifestait davantage de compétence lui occupa l'esprit, insuffisant cependant pour empêcher une brèche de s'ouvrir entre les termes techniques, qui laissait apparaître le fronton de la boutique «Poème» et sa vitrine où pendait le vêtement d'enfant. Le dos de la main sur son front à la recherche d'une sensation de fraîcheur il se répéta que cet achat avait été une erreur, dont il mesurait mal les conséquences. Il aurait dû laisser la ravissante apparition dans son écrin, à bonne distance dans son arrondissement lointain alors que maintenant, à quelques pas de lui dans son placard du dressing, poursuivant son travail souterrain, gagnant de la place, la petite robe occupait son esprit en permanence. Comme il aurait été facile de faire appel à l'informatique pour l'expédier elle aussi à la corbeille en appuyant sur la touche «supprimer»!

Il refit en pensée le trajet de leur promenade sur les quais, puis devant les magasins de la rue piétonnière. Il se revit détournant le regard, pour ne pas avoir à tressaillir si au hasard d'une vitrine il apercevait un modèle semblable à celui dont il avait fait l'achat. Bientôt il pensa avoir écrit assez de pages pour pouvoir les sortir. Il lança l'imprimante qui cracha une à une ses feuilles numérotées. Il les examina attentivement, en quête d'éventuelles corrections, la tête toujours serrée dans un étau. Son attention fut alertée par le silence total de l'appartement et il se demanda à quoi Irène pouvait bien être occupée.

Absorbé par sa lecture il se laissa aller à un tic : tel un enfant livré à sa solitude il introduisit assez profondément un index dans sa narine, à la recherche d'éventuelles aspérités. Au bout d'un moment il sentit une humidité au bout de son doigt, d'une tiédeur familière, et une goutte d'un sang épais tomba sur la feuille blanche qu'il relisait. Choqué il eut un mouvement de recul et regarda la tache couleur rubis, bordée d'un liseré de minuscules éclaboussures, s'insinuer entre les fibres du papier. Imposant sa présence brutale au milieu de la page elle recouvrait un terme technique dont n'apparaissait plus que la dernière lettre. Il toucha le bord de sa narine et sentant une nouvelle goutte se former, il sortit un mouchoir de papier de son tiroir pour s'en éponger le nez. Le mouchoir se teinta aussitôt d'un rouge qui, par capillarité, en recouvrit bientôt toute la surface et il reconnut, dans l'enchaînement automatique de ses gestes, une habitude de son enfance. A l'époque il s'allongeait la tête renversée, attendant que l'écoulement cesse et la main d'Olga se posait sur son front, fraîche et rassurante. C'est elle qui lui indiquait le moment de se relever et de reprendre ses jeux. En un endroit connu de lui seul plusieurs de ses maquettes portaient ainsi, comme une signature d'artiste, la tache brunâtre de son sang séché.

Il s'allongea sur le petit canapé de son bureau et encore une fois, à sa grande surprise, il sentit les larmes monter à l'assaut. Ne voulant pas céder à la volupté de s'effondrer pour sangloter comme jamais encore il ne se l'était permis, il se concentra sur son ouvrage et continua mentalement ses corrections. Dès qu'il sentit le sang se tarir il se releva et retourna à sa table de travail. Il réimprima la page souillée, inséra la nouvelle à sa place et, froissant l'ancienne de façon à rendre la tache invisible, il la jeta comme on jette un mouchoir usagé.

Il pensa à la longue journée du dimanche, puis à celle du lundi de Pâques : elles lui parurent un interminable tunnel à traverser jusqu'à la reprise du travail et il se demanda à quoi Irène et lui pourraient les occuper. Agnès avait prévu de leur rendre visite lundi, mais que feraient-ils demain ? Il y avait un moment déjà qu'ils n'étaient pas allés chez sa mère, aucun doute qu'ils lui feraient un grand plaisir en s'invitant à déjeuner chez elle. Au moment où il se rendit au salon pour en faire la proposition à Irène, celle-ci ouvrait la porte de l'entrée. Elle lui dit avoir voulu profiter de son temps libre pour faire un peu de rangement dans leur débarras du sixième. Il perçut une gêne dans son regard et la trouva étrangement pâle, les yeux bordés d'un cerne violet. Pour la première fois dans leur histoire il eut le sentiment qu'elle lui mentait.

16

Quand il se glissa dans le lit à côté d'Irène, Paul remarqua qu'elle avait revêtu une chemise de nuit, ce qui n'était pas dans ses habitudes. Il en froissa la matière soyeuse entre ses doigts, en éprouva le satiné avec la paume de sa main mais sa femme ne réagit pas. Il se demanda si elle dormait réellement ou si elle accentuait son souffle afin de le lui faire croire. Depuis le début de ce week-end elle se comportait de manière étrange, comme si elle lui cachait quelque chose. Elle répondait évasivement, fuyant son regard et voilà que cette nuit elle avait enveloppé son corps dans ce vêtement réservé d'ordinaire aux rigueurs de l'hiver. Au contact de l'étoffe il eut le sentiment d'un rempart dressé par sa femme pour se protéger de lui.

Décidément il n'était pas le seul à éprouver des difficultés à parler, Irène ne se montrait pas plus loquace, surtout quand il s'agissait d'évoquer les événements les plus douloureux de sa vie. Le suicide de ses parents avait toujours constitué pour elle un sujet tabou, à propos duquel il avait compris qu'il était vain d'espérer des confidences. Cette femme qu'il pensait si bien connaître vivait au bord d'un gouffre, un trou dans son existence qu'aucun mot ne pouvait cerner. Irène, l'amour de sa vie avec qui il aurait voulu tout partager, restait jalousement murée sur son secret, ce coin de jardin dans lequel elle ne le laisserait jamais entrer, où elle allait solitaire fleurir la tombe d'une petite fille. Il en conçut une grande amertume, songeant à la confiance qu'elle lui manifestait : celle-ci était loin d'être sans bornes, il pouvait même en toucher les limites du bout des doigts, comme la mince étoffe s'interposant ce soir entre leurs deux épidermes.

Cette nuit-là il fit un long rêve qui ajouta à son trouble. Irène et lui se trouvaient chez le médecin qui les avait assistés dans leurs essais de conception d'un second enfant. La date était propice, confirmée par l'élévation de la courbe de température et ils allaient procéder à une insémination artificielle. Les ovules de sa femme, dont la maturation avait été stimulée par des injections préalables, étaient prêts pour la fécondation. Le médecin conduisit Paul dans une pièce voisine et le laissa seul, un mince flacon à la main, dans ce local qui servait au stockage des dossiers, meublé d'un fauteuil et d'un lit d'examen. Un tiroir ostensiblement ouvert dans un meuble de rangement laissait apparaître une pile de magazines masculins, dont la couverture exhibait des filles dévêtues. Certaines de ces publications, en noir et blanc, étaient très anciennes. Elles dataient d'une époque moins tolérante où le sexe des filles maquillé au pinceau donnait à leur pubis lisse l'apparence de baigneurs de celluloïd. La présence en ce lieu austère et carrelé d'exemplaires de cette presse réservée aux hommes, explicable compte tenu des circonstances, était cependant incongrue, presque comique. Laissant de côté les plus anciens, il choisit un de ces magazines et le feuilleta. Sur la double page centrale une fille écartait la dentelle noire de sa culotte pour introduire un doigt entre les lèvres de son sexe. Paul tenta de se concentrer, de faire le vide dans son esprit pour fixer son regard sur le corps de la fille en commençant à se caresser. Mais la vision de la créature à la bouche gourmande, avançant les lèvres en une grotesque promesse de baiser eut sur lui l'effet inverse de celui recherché. Il ne put chasser de sa pensée l'image d'Irène et du médecin échangeant des banalités dans la pièce voisine, parlant de la pluie et du beau temps en attendant le précieux liquide séminal que Paul rapporterait d'un moment à l'autre. Son sexe se recroquevilla sous ses doigts et un téléphone qu'il n'avait pas encore remarqué sonna sur un bureau. Remettant précipitamment le magazine à sa place, comme pris en faute, il décrocha et entendit la voix de son père lui demander de transmettre à sa mère une liste de documents dont il avait impérativement besoin pour le lendemain en vue de la constitution d'un dossier. Il s'entendit lui promettre de faire le nécessaire et lui demander de ne pas s'inquiéter, puis il raccrocha. Il lui parut alors tout à fait impossible de rouvrir le tiroir pour rendre une nouvelle visite à la fille en culotte de dentelle. Il envisagea même de retourner dans la salle d'examens pour annoncer qu'il valait mieux renoncer à cet essai, ou le remettre à plus tard.

Il pensa alors au regard désespéré d'Irène s'il mettait fin à leur tentative et essaya de nouveau de se mettre en condition : alors brutalement il aperçut la courte chasuble dont il était revêtu, parfaitement ridicule sur son corps d'adulte, lui parvenant à peine au-dessous du nombril, comme la blouse d'hôpital enfilée aux patients avant une intervention. Sa couleur vert pâle était typique de l'univers hospitalier et elle présentait à hauteur de la poitrine trois roses à moitié décousues. Ecartelé sur une table d'examens, les chevilles passées dans des étriers de métal chromé, il vit s'approcher un chirurgien, bonnet recouvrant ses cheveux et masque opératoire sur le visage. Lorsque ce dernier tendit vers lui son gant de latex il eut le réflexe de se protéger et le contact de ses mains sur son sexe en érection fit monter en lui la promesse d'un plaisir indicible. Il se réveilla brutalement, arc-bouté dans un ultime mouvement de défense, au bord de l'orgasme, honteux à l'idée d'une possible pollution nocturne. Désemparé par cette vision, mise en scène d'un désir tout à fait étranger à lui-même, il tenta en vain de se rendormir.

17

Durant le trajet les menant chez sa mère, Paul, qui avait laissé le volant à Irène, somnola sur le siège du passager. La nuit avait été courte et il n'avait pu retrouver le sommeil après le bouleversement de son rêve. Son contenu l'avait troublé plus qu'il n'aurait su le dire et la sensation de cet orgasme refréné à grand-peine lui avait rappelé son adolescence et la lecture des magazines achetés en secret avec son argent de poche. A l'exception du coup de téléphone de son père et de la scène du chirurgien, le déroulement du rêve était assez conforme à ce qui s'était réellement passé quelques années auparavant, dans le cabinet du spécialiste. Après l'insémination, Irène et lui étaient rentrés chez eux et le lendemain matin Paul avait insisté pour qu'ils fassent l'amour, disant à sa femme qu'ainsi, si leurs vœux se réalisaient, ils ne sauraient jamais si cette grossesse était due au secours de la science ou simplement à leur union de ce matin-là. Pourquoi tous ces souvenirs refaisaient-ils surface, avec leur cortège d'angoisses, d'attentes et de déceptions ? Etait-ce tout simplement à cause de l'irruption dans sa vie d'une innocente petite robe blanche, irrésistible de candeur et porteuse d'un message indéchiffrable ? Paul laissait sa tête rouler de gauche à droite, au rythme de ses pensées, accompagnant les virages de la voiture sans trouver l'ombre d'une réponse aux questions qui l'assaillaient.

Rues et boulevards défilèrent, les immeubles du siècle passé laissant place à des tours toutes identiques et à des cités aux cours peuplées d'enfants jouant au ballon, puis à des pavillons entourés de leurs jardinets. Ils arrivèrent à destination à l'heure prévue, sachant à quel point le moindre retard pouvait précipiter Olga dans l'inquiétude. Quand ils se garèrent devant la petite maison, la vieille dame les attendait, en tablier sur le perron, entourée de sa chienne et de ses deux chats. Elle embrassa Paul sur le front, comme elle avait coutume de le faire, puis serra Irène dans ses bras. Elle s'enquit de leur santé, leur demanda des nouvelles d'Agnès et les fit entrer au salon où flottaient des senteurs de cuisine. Joyeuse elle leur annonça qu'il faisait assez doux pour pouvoir déjeuner sur la terrasse : ce serait leur premier repas de l'année en plein air. Paul prit Irène par le bras et l'emmena faire le tour du petit jardin.

Comme les allées bordées de buis étaient devenues étroites ! Ces larges avenues qu'il parcourait dans sa voiture à pédales, sur lesquelles il chevauchait des destriers imaginaires, il les franchissait aujourd'hui en quelques enjambées. Il entraîna sa femme dans son repaire d'autrefois, la remise blottie contre le mur du fond où bien souvent sa solitude de petit garçon avait trouvé refuge. Les mêmes outils y étaient suspendus à des clous rouillés, bêches, râteaux, sécateurs et l'établi sur lequel il bricolait en compagnie de son père trônait toujours au milieu de la pièce, dans l'ombre fraîche. Combien d'avions en balsa, de garages en contreplaqué avaient commencé là leur carrière, leurs pièces découpées avec précision sur le plateau de bois qui en portait encore les entailles, avant d'être assemblées minutieusement et collées dans la tranquillité de sa chambre !

C'est ce qui expliquait ses réticences à rendre plus souvent visite à sa mère, à laquelle il préférait téléphoner régulièrement : cette absolue immobilité du temps figeant à tout jamais les objets du passé, encore intacts aujourd'hui et préservés de l'usure des jours dans un musée consacré à sa mémoire.

Ils sortirent de l'appentis que jouxtait l'ancien poulailler, aujourd'hui déserté, et firent le tour de la pelouse, marquée en son centre par un massif de rosiers, hérissé de boutons. Chaque année au mois de mars, selon un rituel invariable, Olga les taillait au plus court et dès le printemps ils reprenaient de leur vigueur, se couvrant de pousses prometteuses pour se charger tout l'été de roses au parfum entêtant. Paul réentendit l'énigmatique désir exprimé par sa mère, qu'il fallut satisfaire au plus vite après que l'on eut refermé la fosse où allait dormir son père pour l'éternité. Il avait enfoui la boîte à biscuits entourée de ses trois larges élastiques dans le sol fraîchement remué du massif, sous le regard déterminé d'Olga, accompagné du sentiment pénible d'assister à deux enterrements dans la même journée.

Il savait très exactement où reposait la boîte, au bord sud-est de la plate-bande, entre un rosier pourpre et un églantier. Il comprenait la douleur qu'aurait représentée pour sa mère le fait de sortir une à une ces photographies jamais partagées avec personne, reflétant sans doute une part secrète de son bonheur. Mais curieusement elle avait préféré cet ensevelissement à toute autre proposition. Elle n'avait pas choisi de confier à son fils la boîte métallique, ni de la remiser dans le grenier jusqu'au moment où elle se sentirait capable d'affronter le témoignage de ce qui avait été. Sa décision était irrévocable, trop faible pour livrer au feu ces clichés jaunis elle préférait les savoir à l'abri dans leur sépulture au cœur du jardin objet de tous ses soins, enserrés dans les racines de ses rosiers.

Pour la première fois depuis ce jour-là, Paul eut l'esprit traversé par la tentation d'exhumer ces témoignages, idée qu'il ne repoussa pas vraiment, mais qu'il remit à plus tard. Il serra le bras d'Irène et l'entraîna sur le chemin au moment où la voix d'Olga les appela pour le déjeuner.

18

Comme à l'accoutumée, toute à sa joie de les recevoir, sa mère avait bien fait les choses. Sous le parasol rouge ils se régalèrent des petits hors-d'œuvre dont elle avait le secret. Leur fit suite une poitrine de veau farcie, spécialité d'Olga, entourée dans sa cocotte en fonte d'une foule de petits légumes, des fromages faits à point et une salade de fruits. Les deux chats montaient à l'assaut de leurs genoux, quémandant leur part du repas, la chienne fatiguée, couchée sur le flanc, réchauffait ses vieux os sur la terrasse. Au café, Paul proposa à Irène de tenir compagnie à sa mère pendant qu'il se laisserait aller à une sieste sous le tilleul, à côté de l'appentis. Peut-être les deux femmes pour-raient-elles profiter de ce moment de tranquillité pour bavarder ? Irène aquiesça et manifesta le désir de revoir la collection des broderies d'Olga, her-biers, natures mortes, bouquets de fleurs rendus vivants par les mains expertes de la vieille dame. Elle-même avait réalisé au point de croix de nombreux petits tableaux reprenant des phrases de certains de ses poèmes, décorant comme des abécédaires les murs de leur chambre.

Son café à la main, Paul alla chercher une chaise longue dans la remise et l'installa à l'ombre, contre le grillage rouillé de l'ancien poulailler. Une douce torpeur le gagnant, il déposa la tasse à ses pieds et poussa un soupir en s'étirant, les bras derrière la tête. Du coin de l'œil il pouvait apercevoir le sol de terre battue où picoraient autrefois les poules dont il avait la charge, ramassant leurs œufs et nourrissant les volatiles avec les restes du repas. Agnès petite fille avait pris le relais au cours de ses séjours chez sa grand-mère, puis devenue adolescente ses préoccupations la menèrent ailleurs et Olga cessa son élevage. Un soupçon d'odeur de poulailler montait cependant du sol, ravivé par ce premier soleil. Replongeant dans cette période Paul sut aussitôt quelle image pénible allait ressurgir, aussi vivace qu'à l'époque où elle venait régulièrement hanter son sommeil.

Il avait pris en affection une petite poule blanche que sa mère avait rapportée du marché et qui accourait à sa venue, se laissant caresser et picorant dans le creux de sa main les miettes de pain ou les croûtes de fromage qu'il lui réservait. Un jour il s'aperçut que l'œil de sa petite protégée était à moitié fermé et ne s'en inquiéta pas outre mesure, mais les jours suivants il constata l'aggravation du mal, l'œil autrefois vif et rond se réduisant à une fente purulente. Un après-midi, allongé pour lire dans une chaise longue à côté du grillage il avait constaté qu'une autre poule s'approchait de la petite blanche et, comme elle l'aurait fait avec une poignée de grains, d'un mouvement sec plongeait son bec dans l'œil malade de sa congénère. Il fut horrifié par cette vision et se précipita dans le poulailler pour chasser l'agresseur revenant inlassablement à la charge, échappant à ses tentatives de l'écarter pour se précipiter de nouveau et darder son bec aiguisé dans la plaie. Il avait couru prévenir ses parents qui avaient pris l'incident à la légère, lui recommandant de laisser les volatiles se débrouiller entre eux. Après tout il n'allait pas se faire de souci pour une poule au cerveau aussi développé qu'un petit pois ! Au fil des jours l'œil de la poule blanche s'était transformé en un trou béant, dans lequel on ne distinguait plus ni pupille ni iris, seul une bouillie sanglante contemplée par Paul avec un mélange de fascination et de répulsion. Il était cependant troublé par le comportement de sa protégée, ne tentant aucunement d'éviter les coups si précis de sa persécutrice et s'y prêtant même avec une certaine complaisance, émettant à chaque atteinte un gloussement aigu. Le bec de l'ennemie disparaissait dans la blessure ouverte, sous le regard de Paul impuissant devant ce spectacle. Il décida de ne plus fréquenter les abords du poulailler pendant quelques jours. Quand après une semaine il s'y rendit de nouveau, sa petite poule blanche était morte, gisant sur le côté. L'acharnement de l'assaillante n'avait cependant diminué en rien. Perchée sur le corps inerte, elle continuait de piocher d'un mouvement inexorable et régulier, extirpant des filaments rougeâtres de ce qui avait été l'œil de sa victime.

Cette scène avait bouleversé le petit garçon pour qui elle avait représenté, des années durant, le comble de l'horreur. Il en avait rêvé plusieurs semaines de suite, se reprochant de n'avoir su empêcher le drame en isolant la petite poule blanche qui lui manifestait sa confiance en venant manger si familièrement dans sa main. Il avait refusé qu'elle aille pourrir sur le tas de fumier et avait tenu à l'enterrer lui-même au centre du massif, à l'ombre des rosiers de sa mère.

A la suite de cet épisode il s'était plus que jamais réfugié dans la construction de ses maquettes, refoulant ses larmes pour ne pas subir les moqueries affectueuses de ses parents. Mais la nuit venue il redoutait de sombrer dans le sommeil, sachant qu'allait s'imposer à lui la vision du trou écarlate bordé de plumes collées, promenant sa couleur de viande crue sur les paysages de son rêve.

Jamais depuis son enfance cette scène ne s'était présentée à ses yeux aussi précisément que ce dimanche, l'empêchant de s'abandonner à sa sieste malgré la douceur de l'air et l'ombre accueillante du tilleul. Très vite il comprit l'inutilité de ses efforts pour s'endormir, une sensation de brûlure au plexus l'incitant même à se relever pour aller fouiller dans l'armoire à pharmacie de sa mère. Il s'extirpa de la chaise longue et se dirigea vers la maison pour rejoindre les deux femmes.

19

Irène et Olga ne l'entendirent pas entrer dans le salon. Il resta sur le seuil, observant les deux femmes qui bavardaient gaiement, penchées sur des échantillons de tissu. Il se dégageait de la voix grave et chantante de sa mère, mêlée aux inflexions claires de celle d'Irène, une harmonie qui lui suggéra une cantate de Bach. Au creux de sa poitrine la tension s'estompa. Absorbées par leurs échanges elles ne prirent pas conscience de sa présence. Il repensa au projet qui l'avait effleuré pendant leur promenade avant le déjeuner et décida soudain de le mettre à exécution : les deux femmes, le croyant endormi dans sa chaise longue au fond du jardin, ne viendraient pas le déranger. Il retourna à la remise, se saisit de la bêche accrochée à la cloison et se dirigea vers le bord sud-est du massif de rosiers. Il ne put se défendre d'un sentiment de malaise grandissant face à ce qu'il voulait entreprendre mais il ne pouvait échapper à ce geste qui, se dit-il, ressemblait à une profanation de sépulture.

Il n'eut pas à creuser longtemps, d'autant qu'une averse de la nuit avait ameubli le sol. Jetant de temps à autre un regard furtif vers la maison, de crainte d'être surpris, il vit bientôt apparaître au milieu des mottes de terre grasse le couvercle d'acier de la boîte, recouvert de rouille. Il continua son travail à mains nues et sortit le petit coffret métallique, toujours entouré de ses élastiques. Ils avaient durci avec le temps et cassèrent entre ses doigts comme du verre. A genoux sur la pelouse il ouvrit la boîte et en contempla le contenu. Les photographies que sa mère avait voulu éloigner d'elle y reposaient, entassées dans le désordre, certaines s'ornant de cercles de moisissure, d'autres demeurant encore bien visibles. Après s'être passé les mains sous l'eau de la fontaine pour se débarrasser de la terre collante il fit défiler rapidement les clichés entre ses doigts. Il comprit aussitôt qu'ils ne concernaient que son père. Olga n'y figurait jamais, on n'y voyait aucune évocation des jeunes années de leur couple, aucun souvenir de leur mariage. Ces photos-là, Paul les connaissait bien pour les avoir souvent commentées avec ses parents : elles étaient classées par dates dans un album remisé dans la partie basse d'un buffet deux-corps. Mais sur celles qui avaient été enterrées seul Moritz était reconnaissable, à différentes périodes de sa vie, en compagnie d'inconnus. La plupart semblaient avoir été prises avant-guerre à en juger par leurs teintes sépia, par les robes longues et les costumes de cérémonie témoignant d'une époque depuis longtemps révolue. Sur certaines d'entre elles son père apparaissait enfant, en costume marin, accoudé à une stèle sur un fond de toile peinte figurant une forêt, puis jeune homme en tenue de conscrit. On pouvait également le voir en pantalon et chemisette blanche, une raquette à la main ou au volant d'une voiture de sport, affichant un sourire victorieux. Sur une autre il riait aux éclats, fixant l'appareil les mains sur les hanches, une jeune femme un peu floue en arrière-plan adressant un geste amical au preneur de vues. Des photos qui ne correspondaient en rien au personnage taciturne, renfermé sur ses secrets, aux côtés duquel il avait vécu mais qui imposaient au contraire l'image d'un homme à la silhouette juvénile, élégant et sportif, amoureux de la vie. Paul repensa à leurs conversations dans la grotte sous la cascade, aux remarques amères de Moritz sur la destinée, à sa philosophie pessimiste. Il se demanda ce qui avait bien pu se produire dans la vie du jeune conquérant qui défiait l'objectif pour que son regard ait à ce point perdu de sa flamme. Il continua son exploration, son trouble augmentant au fur et à mesure de sa rencontre avec ce père inconnu, puis il tomba sur une enveloppe de papier brun détrempé qu'il hésita un instant à ouvrir. Quelque chose le retint, comme si le papier défraîchi imposait une barrière supplémentaire entre son contenu et le reste de la boîte. Il eut l'impression de pousser trop loin le viol de cette intimité, de franchir un interdit tacite apposé par sa mère sur ces souvenirs lorsqu'elle avait réclamé leur ensevelissement. Mais il ne put résister, poussé par cette même nécessité qui lui avait fait s'emparer de la bêche et creuser le parterre de rosiers.

L'enveloppe contenait une photo déchirée en plusieurs morceaux qu'il n'eut aucun mal à recomposer. Son père s'y tenait sur le balcon d'un appartement, situé sur un boulevard arboré à en juger par les ramures couvertes de feuilles qui s'étendaient jusqu'à toucher la rambarde de fer forgé. Une porte-fenêtre entrebâillée dans son dos, éclaboussé par des taches de lumière, il était vêtu d'un élégant costume sombre. Dans ses bras Moritz serrait une petite fille en robe blanche qui levait les yeux vers lui. Paul eut un sursaut. Il approcha son visage du cliché pour tenter d'apercevoir plus nettement les traits de l'enfant : il ne put distinguer qu'une masse de cheveux clairs retenue par un ruban et un regard brillant bordé de cils noirs fixant l'homme en complet qui l'étreignait. Il retourna les fragments mais n'y trouva aucune indication de lieu ou de nom, seule une date : juin 42. Il porta la main à sa poitrine, de nouveau envahi par la sensation de brûlure.

Que penser de cette photo, témoignage d'une période inconnue de la vie de son père ? Paul était troublé par le traitement violent qu'elle avait subi. Qui l'avait déchirée, en proie à quelle douleur ou à quelle rage, se ravisant pour en conserver les morceaux ? De quel événement ignoré portait-elle la trace ? Il n'en avait pas la moindre idée mais, sans qu'il parvienne à se le formuler clairement, ce qu'elle lui laissait supposer le bouleversa.

20

Assise sur le canapé du salon aux côtés d'Olga, Irène tenait entre ses mains une broderie fine représentant des branchages d'automne. La compagnie de sa belle-mère, avec qui elle avait toujours entretenu des rapports affectueux, lui avait fait oublier pour un moment la petite robe blanche. Le repas l'avait plongée dans l'engourdissement et elle se laissait bercer par l'accent de la vieille dame commentant ses ouvrages. Au fond du jardin Paul dormait, croyait-elle, allongé sur une chaise longue à l'ombre du tilleul, dans le silence de cet après-midi troublé par le seul chant des oiseaux. Au cœur de ce calme Irène pouvait se persuader que tout allait pour le mieux, elle pouvait chasser soupçons et visions, le soleil nouveau balayant de ses rayons les ombres accumulées sur ses épaules ces dernières vingt-quatre heures, comme en un grand nettoyage de printemps.

La voix d'Olga décrivant ses travaux d'aiguille fit naître en elle le désir de se blottir contre une épaule maternelle et l'espace d'un instant elle eut la tentation de confier son trouble, de faire l'aveu de sa découverte à cette présence amie. Elle lui ferait le récit du tri des vêtements, de l'apparition de la petite robe blanche entre le costume sombre et le blazer de Paul, de l'avalanche de doutes et de soupçons qui l'avait submergée. La vieille dame éclaircirait alors ce mystère et serrant dans ses bras la petite fille en pleurs elle lui expliquerait les toutes simples raisons de cet incompréhensible achat, dont Paul lui aurait fait la confidence. Dissipant ses inquiétudes de sa voix chantante, elle écarterait les nuages. Pour la première fois depuis qu'elles se connaissaient Irène décrirait à sa belle-mère ses sentiments pour Paul, si violents et si silencieux, elle lui parlerait de son amour et de son bouleversement depuis ces deux jours. Elle lui dirait sa terreur de découvrir en lui ce parfait inconnu, ce monstre de duplicité vivant une vie parallèle, entretenant sans scrupule un terrible mensonge. Elle lui parlerait également de la blessure si mal refermée de sa grossesse interrompue, de leurs espoirs déçus et de ces périodes de profonde dépression où chaque matin elle se demandait comment trouver la force de se lever et d'affronter le jour. Elle lui confierait son trouble face aux changements survenus récemment dans son corps. Complices comme mère et fille, elles échangeraient entre femmes et avec ses paroles sages et douces, Olga saurait l'apaiser.

Alors peut-être la petite fille morte photographiée sur l'allée de béton, serrant Chiffon contre son cœur, pourrait envisager de faire don à la vieille dame de son immense chagrin. Peut-être se libérerait-elle du poids si oppressant du départ de Danièle et de Jean qui avaient quitté la vie pour une cause inconnue, face à laquelle l'amour de leur fille unique n'avait pas pesé bien lourd. La brèche de la veille, après avoir laissé passage au torrent de larmes accumulées depuis toutes ces années, se refermerait pour cesser à jamais de produire ces élancements, ces coups de tonnerre lointains dont elle était coutumière.

Mais elle repoussa cette tentation aussi vite qu'elle était apparue : si elle devait un jour obtenir la clef de cette énigme ravivant à ce point le manque d'une étreinte maternelle, ce serait de la main de son mari, et de lui seul. Olga détaillait à son intention la technique utilisée pour la reproduction des nodosités du bois, la couleur des fils sélectionnés pour obtenir le rendu des ombres et l'épaisseur des feuilles mais Irène ne l'écoutait plus. Depuis qu'elle avait réprimé ce besoin de se confier elle était de nouveau habitée par ses doutes. Revenue pour quelques secondes du royaume des morts, la petite fille du jardin qui avait ébauché un geste de la main s'était de nouveau réfugiée dans son silence.

Irène prit alors conscience de la réalité de sa relation à sa belle-mère, tissée comme ses broderies de petites choses de tous les jours, charmantes et poétiques, sans autre épaisseur que celle du canevas auquel se limitaient leurs échanges. Elles avaient noué une entente tacite, donnant l'illusion d'un doux murmure à deux. Mais jamais Olga et elle ne s'étaient aventurées plus loin : depuis son mariage avec Paul elle ne lui avait rien confié de son histoire, ne s'était livrée à aucune confidence. Elle n'avait aucune idée de ce qui habitait la douce vieille dame, qu'elle avait toujours refusé d'appeler maman malgré son invitation à le faire. Pas davantage elle n'avait pu percer l'aimable carapace de son beau-père qui, jusqu'à sa mort, avait témoigné envers elle d'une bienveillance silencieuse et sans faille.

Elle eut la terrible sensation de s'appuyer aux murs d'un décor dont basculaient des pans entiers, révélant leur véritable nature de carton-pâte, étayés de bois blanc. Dans ce moment de vacillation, Olga elle-même lui parut une construction bâtie sur du vent, un semblant de bonne mère accomplissant automatiquement les gestes qu'elle attendait d'elle, façade qui, sous son impeccable chignon blanc et le chaleureux roulement de ses *r*, masquait un vide absolu.

21

Paul resta un long moment à genoux, tenant d'une main l'enveloppe détrempée, de l'autre les morceaux de la photographie de son père en compagnie de la petite fille à la robe blanche. Ce document l'avait jeté dans la confusion, balayant ses semblants de certitudes. De qui pourrait-il obtenir les renseignements qu'il désirait ? Mais les désirait-il vraiment ? Il était hors de question de se précipiter dans le salon, où Olga et Irène échangeaient sans doute des conseils techniques sur le point de croix, pour avouer son forfait et interroger sa mère sur ce qu'elle aurait souhaité écarter à jamais de sa mémoire. En inhumant ces photos elle avait tracé une barre infranchissable entre les longues années d'une existence à deux et la vie antérieure de son mari, dont elle avait décidé par ce geste de se séparer radicalement. Comment Paul pouvait-il imaginer recoller les fragments de cette histoire déchirée en deux chapitres si distincts, comme il l'avait fait avec les morceaux de la photographie ? Olga, en enterrant la boîte de biscuits le jour même de ses obsèques, restituait à Moritz ce pan de son histoire. Ainsi faisait-elle le deuil de ce qui ne lui avait jamais appartenu.

Il réintroduisit les fragments du cliché dans l'enveloppe fragilisée par l'humidité. Elle se déchira en partie sous ses doigts. Il la déposa dans la boîte de métal et fit glisser celle-ci dans la petite fosse qu'il recouvrit de terre. Il tassa l'emplacement afin de ne laisser aucun souvenir de son forfait, sans pourtant être dupe de cette tentative d'effacement : elle ne pourrait renvoyer dans l'oubli ce qu'il venait de découvrir, quel que soit le poids dont il chargerait le couvercle. A compter de ce jour la photo déchirée, marquée de sa terrible date, lui poserait à jamais sa question lancinante.

Il rangea la bêche et retourna vers la maison, jetant un dernier regard sur le massif où ne subsistait aucune trace de son acte sacrilège. Il imagina la boîte de biscuits rendue à ce sommeil que dorénavant personne ne dérangerait plus. Dans la nuit profonde, au cœur de la terre humide, la petite fille allait indéfiniment poser sur l'homme en complet sombre son regard admiratif, un ruban noué à la hâte retenant sa chevelure opulente. Un peu plus loin, au centre géométrique de la plate-bande circulaire, nourrissant les racines des rosiers reposait pour toujours une autre douleur, la carcasse de la petite poule à l'orbite fracassée. Paul frissonna, soudain sensible à la brise qui se levait. Il gravit les marches de la terrasse et enjambant la vieille chienne toujours endormie, il franchit la porte-fenêtre du salon.

Au moment où elle lui adressa un pâle sourire il fut frappé par l'expression de détresse du visage d'Irène. Sa mère l'accueillit avec joie, voulut lui trouver l'air reposé et leur proposa du thé. Ils acceptèrent volontiers et s'installèrent autour de la table basse pendant qu'Olga disposait devant eux le service de porcelaine de Chine. En attendant que la bouilloire émette son sifflement elle alla chercher une boîte métallique, remplie des petits fours secs qu'elle confectionnait elle-même. Paul tressaillit à cette vision et lorsque Olga vanta les mérites de ces boîtes aptes à conserver à ses biscuits tout leur craquant, il scruta l'expression de sa mère à la recherche d'un quelconque trouble. Mais il n'y lut que limpidité, retrouvant la transparence qu'il avait toujours connue, celle de la mère aimante qui lui tendait les bras à son retour de l'école et qui parfois plantait ses yeux dans les siens pour savoir s'il ne lui cachait pas quelque chose. Le petit Paul défaillait alors sous ce regard, reflétant l'absolue tranquillité d'une âme. *Elle avait le bleu regard qui ment*, lui souffla son poète préféré. Il s'en voulut de cette pensée et proposa aux deux femmes de servir le thé.

Lorsqu'ils prirent congé Olga se tenait sur le seuil, entourée de sa vieille chienne et de ses deux chats. Comme s'il la photographiait, Paul fixa cette scène reproduisant à l'identique celle de leur arrivée. Il aurait été si simple de penser que rien ne s'était passé au cours de la parenthèse de ce dimanche. Mais quelque chose était advenu, chargeant ses épaules d'un héritage inattendu. L'espace d'un instant, envoyant de loin un baiser à sa mère, il retrouva l'une de ses fantaisies d'enfant, lorsqu'il occupait sa solitude en compagnie de ses héros de bandes dessinées. Il repensa aux couleurs pastel et à la ligne claire des dessins d'Hergé dans ses *Cigares du pharaon*, ou aux aventures égyptiennes des deux héros de Jacobs, Blake et Mortimer.

Comme eux il avait trompé la vigilance des gardiens de la pyramide. En explorateur intrépide il s'était faufilé dans la chambre du sarcophage, évitant pièges et embûches il avait entrevu un fragment du parchemin secret. Il n'avait pu en déchiffrer le message mais il en connaissait maintenant l'existence et savait de quel poids silencieux il pesait sur son histoire.

22

Le long des murs gravés flottait une fumée, coupant à mi-corps les silhouettes fantomatiques des divinités à têtes d'animaux. Anubis, qui maintenait les bras du profanateur douloureusement serrés derrière son dos, soufflait dans son cou une haleine pestilentielle pendant qu'Horus au profil de rapace plongeait son bec dans l'œil écarquillé du coupable qui éclatait comme un fruit trop mûr. Sa nuque reposant sur l'appuie-tête, Paul eut un sursaut et Irène, les mains crispées sur le volant, lui jeta un regard interrogateur. Il s'était assoupi quelques secondes sur le chemin du retour et la vision du bec affûté comme une lame se rapprochant de son iris à la vitesse d'une flèche l'avait tiré de son sommeil. La nuit commençait à tomber, ils n'allaient pas tarder à arriver chez eux.

Lorsqu'il ouvrit la porte, Paul ressentit aussitôt l'appel de la petite robe, comme si, l'ayant attendu toute la journée, elle s'impatientait au fond de son placard. Sa présence paraissait avoir gagné en intensité durant cet après-midi et il lui semblait que sa senteur d'apprêt imprégnait les murs de l'appartement. Il fut étonné d'en sentir précisément la fadeur d'amidon, pourtant jusque-là si discrète, au point de craindre qu'Irène ne la remarque également et ne s'en inquiète. Et si elle allait se mettre à fouiller chaque pièce, comme on le fait lorsque alerté par une odeur de charogne on se lance à la recherche de quelque rongeur crevé derrière un meuble ? Mais sa femme visiblement épuisée ne se livra à aucun commentaire. Elle lui fit part de son intention d'aller se coucher sans dîner. Lui-même sentait bien que les excès du déjeuner lui permettraient de tenir sans peine jusqu'au matin. Après lui avoir déposé un baiser distrait dans les cheveux, Irène se retira dans la chambre. Elle lui annonça en bâillant qu'elle ne lirait pas plus de deux pages du livre qu'elle avait commencé et lui demanda s'il savait quand passerait Agnès le lendemain.

Paul alluma son ordinateur pour relire ses notes de la veille et tenter d'avancer un peu dans son rapport. Soufflant au plafond la première bouffée de sa cigarette il attendit l'apparition de l'écran d'accueil sur son moniteur puis, avec beaucoup de difficultés, tapa quelques lignes. Très vite il se sentit dans l'incapacité d'aller plus avant, sauvegarda son document et éteignit l'ordinateur, écrasant d'un même mouvement sa cigarette dans le cendrier. Il passa la tête par l'entrebâillement de la porte de la chambre et constata qu'Irène avait éteint. Il s'étonna de ne pas l'avoir entendue se relever pour venir lui parler de l'étrange senteur qui envahissait l'appartement, entêtante au point de provoquer en lui un début de nausée. Assuré du sommeil de sa femme, il se dirigea vers le dressing et ouvrit les portes de son placard.

Ce fut comme si la petite robe n'avait attendu que ce moment pour libérer la totalité des essences renfermées dans son étoffe : des relents de Javel se jetaient à l'assaut des narines de Paul, vapeurs dont les effluves hésitaient entre ceux du sperme et de la bile. Il esquissa un mouvement de recul et un haut-le-cœur comprima son estomac. Il n'eut que le temps de se précipiter aux toilettes pour vomir. Un second spasme lui arracha un cri étranglé et un nouveau jet brûlant se précipita hors de ses lèvres. Courbé en deux, hoquetant, le front baigné d'une sueur glacée il ne parvint pas à se redresser, les images arrachées au massif de rosiers se précipitant vers lui, mêlées au terrible parfum de la petite robe blanche.

Lorsque enfin son malaise s'apaisa il tira la chasse et courut à la salle de bains pour se passer le visage à l'eau glacée et se brosser les dents. Puis il retourna au dressing afin de refermer les portes de son placard. L'insupportable odeur s'était dissipée, comme s'il l'avait évacuée avec le contenu de son estomac : ne subsistait dans l'appartement que le parfum d'Irène.

En évitant de faire grincer les lattes du parquet il se glissa aux côtés de sa femme endormie. Elle poussa un soupir et marmonna quelques paroles incompréhensibles. A quoi pouvait bien rêver l'étrangère blottie sous les couvertures ? Dans quel univers naviguait-elle, les poings serrés et les cheveux en désordre, rendue si lointaine par son sommeil ? Encore secoué de temps à autre par les spasmes contractant son estomac vide Paul sut qu'il aurait le plus grand mal à s'endormir, comme autrefois lorsqu'il appréhendait de rencontrer au détour de ses songes l'orbite creuse et sanglante de la petite poule blanche.

Irène lui tourna le dos. Elle prononça encore quelques mots indistincts puis laissa échapper un bref sanglot. Enfin son souffle se fit régulier et Paul tenta de calquer sa respiration sur celle de sa femme, imbriquant son corps dans le sien, son ventre collé à ses reins, sa bouche effleurant sa nuque. Il se demanda si le contact de la légère moiteur de sa peau allait la réveiller mais elle ne changea pas de position et les questions de Paul s'anéantirent dans le sommeil.

23

Irène ouvrit grands ses yeux dans l'obscurité. Elle n'avait aucune idée de l'heure mais refusa de tourner la tête vers le réveil, espérant replonger rapidement dans l'inconscience. Elle s'était endormie trop tôt, cédant à son épuisement et se sentait parfaitement éveillée alors que les aiguilles n'avaient probablement pas dépassé minuit. Le rêve dont elle émergeait s'était interrompu brutalement mais elle en gardait quelques images pénibles : une cuisine mal éclairée, un évier sale dans lequel était déposé un œuf énorme, avec un visage peint, inquiétant comme un masque de clown blanc. L'œuf se fendillait, son sourire ironique bâillant sur une humeur blanchâtre mêlée de filaments et elle s'enfuyait de la cuisine, empruntant un long couloir sombre. La porte qui menait à l'extérieur de cette maison inconnue résistait à ses efforts et elle entendait, dans son dos, les craquements sinistres de l'œuf. C'est à ce moment qu'elle s'était réveillée, les yeux grands ouverts dans l'obscurité.

Paul était collé à elle, couché en chien de fusil, épousant étroitement son dos et l'arrière de ses cuisses. Elle eut le sentiment d'être encombrée d'un corps qui pesait sur le sien, soufflant dans ses cheveux une haleine chargée de sommeil. Elle dut se contenir pour ne pas le repousser brutalement hors du lit. Edith lui avait parlé de certains malades atteints d'une hémiplégie à la suite d'une hémorragie cérébrale qui les premiers mois éprouvaient cette terrible sensation : rendus inconscients d'une moitié d'eux-mêmes par l'accident vasculaire ils demandaient avec insistance au personnel de l'hôpital de les débarrasser de cet intrus couché à leur côté qui leur imposait sa présence inerte.

Dans le silence de la nuit elle sut aussitôt que le malaise diffus qui nouait sa gorge et l'opprimait signalait le retour du mal déjà combattu à plusieurs reprises.

Il allait donc lui falloir affronter de nouveau ces petits matins grisâtres recouverts d'un voile de deuil, déployer une énergie folle pour rejeter loin d'elle ses draps et se livrer à la série des gestes quotidiens. Le monde allait s'agiter autour d'elle pendant qu'elle tenterait, s'épuisant à chaque pas, d'extirper ses chevilles d'une gangue de boue. Seul le soir lui accorderait quelque répit, lui laissant espérer une rémission illusoire. Mais tout recommencerait le lendemain matin, la chape de plomb à laquelle elle aurait échappé quelques heures pesant de nouveau de tout son poids dès la sonnerie du réveil. Elle fut envahie par un désespoir profond à la pensée d'avoir une fois encore à ingérer ces remèdes dont les flacons entamés encombraient une cachette au fond d'un tiroir de sa commode.

Elle avait à chaque fois traversé ces crises en tentant de n'en rien laisser paraître à Paul, préparant chaque matin le petit déjeuner, avalant à la sauvette les pilules fournies par Edith pendant que le café passait, lui souriant à son réveil et accomplissant comme un automate les gestes du début de la journée. Le vaillant petit soldat de la photo reprenait du service. Elle s'habillait et partait travailler, s'engageant dans le long tunnel qui la ramenait chez elle le soir, à bout de forces. A ce moment seulement, une cigarette aux lèvres, un verre de whisky à la main et son carnet de poèmes sur les genoux elle sentait les nuages accumulés s'écarter enfin pour une éclaircie qui se prolongeait jusqu'au matin suivant, où tout recommençait.

Alors lui vint le désir d'avaler d'une seule prise le contenu de ses petits flacons : les substances apaisantes l'endormiraient à jamais et lui éviteraient le retour de cette épreuve. Elle en ferait de même pour Paul, versant dans son café du matin le mélange réduit en poudre, puis elle lui proposerait d'aller se recoucher. Elle se blottirait dans ses bras et sa bouche contre la sienne elle attendrait le sommeil qui les engloutirait tous deux. Ne serait-ce pas la meilleure façon d'effacer ses doutes, de faire taire ces insupportables questions qui ne lui laissaient plus une seconde de répit, de faire payer à Paul le prix de sa trahison ? Cette issue n'était-elle pas la seule apte à résoudre enfin le deuil impossible de son enfance ? La main de Paul dans la sienne elle allait courir sur la route, Chiffon contre son cœur, à la poursuite de ses parents. Elle accompagnerait Danièle et Jean dans leur grand voyage, pour que tout cela s'achève !

Ou plutôt pour que tout cela continue ! lui souffla une voix qui la surprit, la voix familière d'Edith qui bien souvent l'avait soutenue dans ces moments pénibles. Pour que cette histoire de mort continue encore et encore, lui aurait hurlé son amie, de génération en génération, vous emportant Paul et toi à la poursuite de tes parents, entraînant dans sa répétition Agnès, n'est-ce pas, elle aussi happée par ce tourbillon ?

Echappant au contact du corps brûlant qui collait au sien elle se recroquevilla dans le lit, bouchant ses oreilles pour ne plus entendre la voix d'Edith qui la harcelait. Que lui arrivait-il, à elle, la paisible Irène, jamais encore effleurée par l'idée d'un tel geste, même dans ces moments de dépression où chaque instant lui coûtait des efforts inouïs ?

24

Sa découverte dans le placard de son mari était à l'origine de ce bouleversement. Oui, sans aucun doute, l'irruption dans son existence de l'innocent vêtement d'enfant avait provoqué cette bascule dans un univers de soupçons, de visions révoltantes. La chasuble aux lignes strictes, accrochée à son cintre, avait réveillé la petite fille de l'allée, demeurée depuis toutes ces années auprès du pont de béton qui enjambait le bassin aux poissons rouges, et son visage fermé se chiffonnait, laissant apparaître son indicible douleur. Avec précaution Irène se leva, prenant garde à ne faire aucun bruit et se glissa dans le couloir, à la rencontre de la petite robe blanche.

Elle alluma l'applique du couloir de façon à ne pas aborder la petite robe sous un éclairage trop cru. Ainsi la lumière pénétrerait dans la pièce par l'entrebâillement de la porte et Irène pourrait compter sur la relative pénombre du dressing pour atténuer le choc de cette nouvelle rencontre. Le voile sous lequel elle s'était réveillée lui pesait, ralentissant ses mouvements. Elle ouvrit la porte du placard avec précaution, saisie des mêmes craintes enfantines que dans le débarras du sixième, imaginant de nouveau l'étoffe blanche qui jaillirait de l'obscurité pour se jeter à son visage. Comme dans les pires moments de ses crises passées elle était terriblement consciente de l'effort exigé par le moindre geste : soulever la main, la tendre vers la poignée, tirer la porte vers elle, diriger son regard vers les vêtements suspendus. Elle écarta lentement le costume du blazer, fermant à demi les yeux comme si elle craignait d'être éblouie par la blancheur de l'apparition. La jolie robe avec ses trois roses à la poitrine, ayant nécessité un tout petit métrage de tissu pour vêtir la silhouette chétive d'une fillette de six ans, était fidèle à son souvenir.

Et c'est cette petite fille qui lui apparut de nouveau, suspendue à la barre de la penderie comme à un croc de boucher, la tête penchée sur la poitrine, le visage caché par la masse de sa chevelure, les pieds en dedans, chaussée de ses souliers à bride et se balançant au-dessus du vide. A cet instant précis elle eut une certitude : six ans auparavant elle avait porté une fille, c'est une fille qui avait jailli d'entre ses cuisses ce matin-là, au milieu des caillots, enveloppée dans son suaire transparent. C'est à une fille également que leurs tentatives dans le cabinet du spécialiste auraient donné naissance, si elles avaient abouti. Et aujourd'hui tout espoir était anéanti, son corps ayant cessé depuis quelques mois de lui fournir les signes d'une grossesse possible. Ce qu'elle croyait avoir surmonté avec sagesse, une loi biologique à laquelle il eût été vain de penser s'opposer, revenait vers elle avec la violence d'une tempête. Comme les contractions ressenties par elle lorsque Agnès annonça sa venue, la souffrance déferla dans son ventre, impossible à endiguer.

Soudain elle se laissa tomber à genoux dans le dressing, poussée à un acte impulsif. Elle s'introduisit brutalement un doigt dans le sexe, sans souci de s'infliger une souffrance supplémentaire et griffa furieusement la muqueuse de son vagin avec son ongle recourbé. Pinçant les lèvres et surmontant sa douleur elle enfonça plus profondément encore son doigt jusqu'à ressentir une sensation d'humidité familière, sensation qu'elle n'avait plus éprouvée depuis des mois. Retirant son index elle le découvrit maculé de sang et le contempla avec une satisfaction et un soulagement dont elle ne songea pas à s'inquiéter. Elle imagina l'impact du liquide tiède sur la moquette claire du dressing, trouant le silence de la nuit dans un bruit démesuré. Alors, avec une détermination farouche elle se saisit de la petite robe, la décrocha de son cintre et la glissa d'un geste brusque entre ses jambes. Le sang qui perlait maintenant de son sexe traça une ligne sombre sur l'étoffe délicate, imbibant l'un des trois boutons de rose pour courir de ses pétales à l'ourlet du bas, en suivant la ligne d'un pli plat. Elle pressa la robe contre elle, à la fois décidée et effrayée par son geste. Il n'était plus question de revenir en arrière, elle avait apposé sur la blancheur délicate et austère sa signature la plus intime.

Elle demeura prostrée, la petite robe froissée et tachée entre ses cuisses. Dans la semi-obscurité elle pouvait distinguer l'alignement des affaires de Paul, rangées comme au garde-à-vous, la surmontant de toute leur hauteur en témoins indignés de son acte. Cette vision fit monter en elle un rire fou et libérateur. Jamais ses périodes de dépression ne l'avaient amenée à de telles extrémités. Deux images d'elle se superposèrent : cet après-midi même, sélectionnant des broderies en compagnie d'Olga, maîtresse d'elle-même, encore capable de contenir ses émotions, puis cette nuit, échevelée et démente, face à un vêtement d'enfant. Ses larmes jaillirent avec autant de violence que son rire inextinguible, et au milieu de sa confusion elle eut un éclair de lucidité en repensant aux descriptions faites par Edith de ces tableaux cliniques désespérés, des hurlements de ces malades ayant perdu tout contrôle d'elles-mêmes et qui s'automutilaient dans les couloirs de l'hôpital.

Voilà à quoi elle était réduite cette nuit, folle et nue, riant aux larmes en chevauchant une robe d'enfant dans le sang de ses règles retrouvées. Voilà à quelles extrémités Paul l'avait amenée, cachant dans leur appartement, dans ce lieu même où ils avaient vécu tant d'années d'amour et de confiance, la preuve de sa trahison ou l'instrument de sa jouissance monstrueuse.

25

Dans son rêve Paul vomissait des photographies qui glissaient l'une après l'autre d'entre ses lèvres, comme de la fente d'un distributeur automatique. Elles avaient la consistance gluante des épreuves tout juste sorties du bain de fixateur et l'acidité des produits chimiques utilisés en chambre noire. Un témoin tapi dans la pénombre rouge du laboratoire assistait à la scène et de sa bouche entrouverte s'échappait un rire silencieux. Ce furent pourtant les échos d'un rire bien réel qui le tirèrent de son sommeil. D'abord incrédule il se redressa et tendit l'oreille, assis sur le lit. Puis il remarqua l'absence d'Irène, vit les draps rejetés et sa place vide. A ce moment, résonnant des profondeurs de l'appartement, il perçut à nouveau un rire en cascade, saccadé et nerveux. Il s'agissait de la voix d'Irène mais à peine reconnaissable : jamais elle ne s'était manifestée de cette façon, encore moins en pleine nuit. Il se leva et tenta de localiser la présence de sa femme, se dirigeant vers le couloir allumé, puis vers le dressing. Son cœur s'emballa, pressentant une découverte dont il aurait préféré s'abstenir. La porte entrebâillée sur la pièce plongée dans l'obscurité, la voix d'Irène montant dans les aigus pour se précipiter dans les graves comme si elle expérimentait une gamme, tout prenait pour lui la tonalité absurde et angoissante d'un cauchemar.

Avec d'infinies précautions il poussa la porte et se figea devant le spectacle qui s'offrait à ses yeux : sa femme nue, assise jambes écartées sur la moquette devant son placard ouvert, tenant entre ses mains la petite robe blanche chiffonnée, parsemée de taches sombres et hoquetant, le visage baigné de larmes. A cet instant précis il n'eut d'autre issue que de souhaiter se réveiller, pour balayer d'un geste cette image hallucinante, emportant avec elle les photographies lisses et luisantes comme des anguilles, crachées par sa bouche quelques instants auparavant. Mais la réalité de la scène s'imposa à lui dès qu'il appuya sur l'interrupteur : la lumière inonda brutalement la pièce et Irène poussa un cri de terreur, reculant vers le mur du fond en serrant contre sa poitrine la chasuble blanche, froissée et souillée. Incrédule Paul contempla le visage décomposé de sa femme, les sillons creusés sur ses joues par les larmes, son nez qui coulait comme celui d'un enfant en proie à un chagrin démesuré, son expression de terreur. Elle semblait se réveiller elle aussi d'un mauvais rêve et le regardait comme si elle ne le reconnaissait pas. Elle lui tendit même la robe à bout de bras, fillette prise en faute et restituant à son propriétaire l'objet de son larcin.

Ainsi Irène avait découvert la petite robe blanche et elle en avait fait ce torchon barbouillé de sang. Car il s'agissait bien de cela, ces taches noirâtres aperçues dans l'obscurité. Il en distinguait maintenant la couleur : une des roses de la poitrine en était imbibée, si bien qu'elle en avait pris la teinte véritable, avec ses pétales de pourpre. Comme un fin liseré une rigole en partait, soulignant le pli de l'étoffe. Elle était presque méconnaissable, la jolie petite robe blanche, réduite à l'état de déchet entre les mains crispées de sa femme. Mais était-ce bien elle, cette petite fille terrifiée par son acte, ramassée maintenant en boule contre le mur du fond ?

Se demandant d'où pouvait provenir ce sang, Paul pensa aux hémorragies nasales de son enfance et imagina Irène se mouchant avec rage dans l'étoffe blanche. Mais quelles étaient les raisons d'une telle rage ? Qu'avait donc fait l'innocent vêtement pour mériter de sa part un tel traitement ? Et lui, de quoi s'était-il rendu coupable en cachant la robe dans son placard, pour faire éclore une telle crise de folie chez la calme et silencieuse Irène ?

La robe souillée dans les mains de la petite fille aux yeux larmoyants fit monter en lui une pulsion inconnue. A la vue du saccage il tendit brusquement le bras pour se saisir du vêtement, envahi par une froide colère qui provoqua chez Irène un mouvement de recul. Elle se protégea le visage, comme s'il allait la frapper, et ce geste déclencha la violence de Paul. Pour la première fois de sa vie il la gifla à toute volée, abattant violemment sa main sur le visage aimé, sur la douceur de cette joue si souvent caressée. La tête d'Irène alla cogner contre le mur, ses cheveux balayant son visage elle poussa un cri rauque. A la vue de sa petite robe réduite à l'état de loque il éprouva de nouveau le désir de la frapper mais son geste s'arrêta net. Les yeux brouillés par les larmes il distingua la silhouette gisant à terre, agitant les bras de façon désordonnée, tentant maladroitement de le repousser. Alors les nuages se dissipèrent, entraînant dans leur fuite l'image de la petite fille capricieuse qui avait détruit son bien le plus précieux. Il se retrouva face à Irène, sa femme, l'amour de sa vie qu'il venait de blesser, lui qui n'avait jamais levé la main sur personne.

Tombant à genoux auprès d'elle il se mit à sangloter, lui arrachant des mains la petite robe pour cacher son visage dans le fouillis d'étoffe taché de sang.

26

Après que Paul l'eut frappée, Irène, comme dégrisée, sentit la rage accumulée au cours de ces derniers jours lui monter aux lèvres. Elle lui hurla des paroles chargées de haine, des accusations féroces qui le laissèrent stupéfait. Le visage toujours enfoui dans l'étoffe tachée de sang, il entendait ces mots terribles, crachés par sa femme. Le monstre entretenant un second foyer, cachant à tous l'existence d'un enfant illégitime, le fétichiste excité par des vêtements d'enfant, c'était lui, Paul. Et il lui aurait fallu se reconnaître dans cette image indigne, lui, le mari fidèle, le père maladroit sans doute, mais scrupuleux et attentif? Coupant court aux divagations d'Irène il jeta loin de lui la petite robe blanche et se redressa, affrontant sans ciller le regard de sa femme, passée de l'autre côté du miroir. Dans l'espoir de la ramener à la raison il retrouva tout son courage, décidé à lui faire l'aveu de sa propre fragilité. Et il lui raconta tout, dans les moindres détails : ses stations devant la boutique « Poème », l'irrésistible désir qu'il avait eu la faiblesse de satisfaire, l'incompréhensible appel de ce vêtement d'enfant. Il lui dit son bouleversement face aux épreuves qu'elle avait vécues dans son corps, enfin il lui parla de son acte sacrilège dans le jardin de sa mère et de son désarroi face à sa découverte dans le massif de rosiers.

Il lui dit bien d'autres choses encore, jusqu'à lui avoir tout livré, puis, les bras le long du corps, il se tint à genoux face à Irène, comme s'il attendait son verdict. Irène vacilla, mais en dépit de son désir l'homme de sa vie ne pouvait redevenir dans la seconde celui en qui elle croyait. Elle ne pouvait se défendre encore d'un doute, malgré des accents dont elle percevait la totale sincérité. Comment faire, se demanda-t-elle, pour que l'horreur entrevue ne soit plus qu'une chimère ? Se dissiperait-elle aux premières lueurs de l'aube, rejoignant la sombre théorie des morts qui, faute de pouvoir clamer leur existence, avaient exigé de Paul cet achat et lui avaient imposé le silence ?

A cette pensée, les véritables larmes d'Irène commencèrent à couler, intarissables. Elle blottit son corps meurtri dans les bras de celui qu'elle n'avait jamais cessé d'aimer et la petite fille de la photo trouva les mots qui lui avaient toujours manqué, déroulant le ruban de sa si longue plainte. Plaie béante recousue à la hâte, la mort brutale de son enfance avait laissé au fond d'elle cette cicatrice dont personne, jamais, ne pourrait atténuer les boursouflures. Mais après cette nuit de cauchemar Paul allait peut-être y parvenir, avec la force de son amour, avec ses mains qui avaient retrouvé leur douceur et ses paroles de nouveau transparentes.

Quand la lumière du jour envahit le dressing, ils se regardèrent, assis face à face sur la moquette, tous deux nus et hébétés. Ce qui avait été la petite robe blanche n'était plus qu'un tas de chiffon taché, gisant dans un coin de la pièce. Ils se relevèrent avec peine et titubant ils se laissèrent tomber sur le canapé du salon. Irène proposa d'aller préparer une tisane, après quoi ils tenteraient de dormir quelques heures pour offrir à Agnès autre chose que leurs visages ravagés.

Irène se dirigea à pas lents vers la cuisine. En chemin elle s'immobilisa devant la porte de leur chambre. En proie à un vertige elle s'appuya au chambranle, saisie de nouveau par son idée folle de l'avant-veille. Elle repensa à ses médicaments, tenus au secret dans le tiroir de sa commode, à la façon radicale dont ils feraient taire les doutes qui l'assaillaient encore. Elle imagina la paix dans laquelle Paul et elle pourraient s'endormir pour toujours et elle imposa le silence à la voix d'Edith.

Comment avait-elle pu penser que les aveux de son mari suffiraient à refermer la faille ouverte par le séisme, cette faille qui avait détruit en deux jours toutes ses certitudes ? Laisserait-elle dorénavant dans son cœur autre chose qu'un champ de ruines ?

27

Ils tinrent le breuvage brûlant entre leurs mains, grelottant comme deux enfants échappés d'un naufrage. Irène ne quitta pas des yeux le visage grave de Paul quand il porta la tasse à ses lèvres. Ils eurent à peine la force de se traîner jusqu'à leur lit et s'endormirent sitôt allongés. Avant que la nuit n'installe l'oubli dans son esprit à bout de forces, Paul fit un rêve dans lequel Irène, Agnès et lui se rendaient de nouveau chez sa mère pour y déjeuner.

Olga était à la fois surprise et ravie de les revoir. Détendus, rayonnants, ils semblaient s'être débarrassés des soucis dont elle les avait sentis accablés lors de leur précédente visite. Après le repas il annonça avec un sourire complice à sa femme et à sa fille son intention de s'abandonner à sa sieste rituelle. Il se glissa hors du jardin en évitant de faire grincer la grille rouillée et alla chercher un sac de plastique dans le coffre de sa voiture, puis, contournant la maison il se rendit à l'appentis pour y chercher la bêche. Il déterra la boîte de métal et l'ouvrit cette fois sans hésiter. Il ne fut pas saisi par la tentation d'en contempler une fois encore le contenu, il sentit même à quel point ces souvenirs avaient en une seule semaine perdu de leur empire sur lui. Il sortit alors la petite robe blanche de son sac et l'ayant pliée soigneusement, il la déposa avec précaution sur le tas de photographies. L'enveloppe disparut sous le linge froissé parsemé de traces brunâtres.

Une fois sa tâche accomplie il alla ranger la bêche et sortit sa chaise longue, qu'il installa sous le tilleul. Il s'endormit presque aussitôt, bercé par le bruissement des feuilles et le chant des oiseaux. Un peu plus tard, quelque part dans l'air tiède retentirent les éclats d'une voix grave et le rire perlé d'une petite fille. Il ouvrit les yeux et se dit qu'il était temps de rejoindre ses femmes.

Lorsqu'il pénétra dans la salle de séjour le tableau lui apparut presque identique à celui de la semaine passée. La différence essentielle ne résidait pas dans la présence d'Agnès mais dans le regard d'Irène, d'une clarté qu'il ne lui avait jamais connue et dans son teint, lavé de sa pâleur. Elle le fixa en souriant, il lui rendit son sourire et les yeux dans ses yeux il se surprit à prononcer en pensée une phrase, assez intensément pour qu'elle puisse la saisir. Olga ne releva pas la tête de l'ouvrage qu'elles étaient toutes trois en train de feuilleter mais Irène l'entendit et serra la main d'Agnès sous le livre ouvert :

La petite robe blanche est à sa place, là où elle aurait dû se trouver depuis longtemps. Elle s'est acquittée de son rôle. Irène sait maintenant ce qu'elle lui doit et Paul a enfin compris pourquoi il en a fait l'achat : il lui fallait vêtir un petit cadavre nu.

28

Lorsque Agnès s'éveilla, le soleil venait à peine de se lever. Une lueur pâle filtrait d'entre les épais doubles-rideaux, il devait être à peine six heures du matin. Elle pesta intérieurement car rien ne l'avait obligée à ouvrir les yeux si tôt, elle aurait encore pu dormir de longues heures. Elle n'avait pas branché son réveil et cependant elle était là, assise dans son lit et bâillant, les cheveux emmêlés, consciente de l'inutilité de chercher à se rendormir. C'était pourtant la dernière matinée du long week-end pendant lequel elle aurait pu tenter de rattraper le retard de sommeil accumulé la semaine précédente.

Elle avait promis à ses parents de déjeuner avec eux en ce lundi de Pâques mais il lui restait des heures devant elle pour se préparer. Elle décida de rester allongée, alluma sa lampe de chevet, cala deux oreillers dans son dos et saisit le livre qu'elle avait entamé la veille.

Elle lut une heure ou deux, dans le silence de son immeuble encore engourdi par le petit matin. Aucun bruit ne filtrait de la rue mais il lui parut difficile de fixer son attention sur les déboires de l'héroïne de son thriller et régulièrement le livre lui tombait des mains. L'intrigue ne suffisait pas à la distraire de ses pensées. Elle avait demandé à Louis de ne pas l'appeler durant ces trois jours qu'elle comptait mettre à profit pour réfléchir mais il avait obéi un peu trop strictement à ses recommandations. Fidèle à lui-même, le paisible Louis respectait sa consigne et elle lui en voulut de cette soumission. Elle se jugea bien compliquée, empêtrée dans ses atermoiements. Elle se demanda d'où lui venait cette gravité, ce manque de légèreté. Louis voulait partager sa vie et ce désir de la part d'un garçon qu'elle pensait aimer profondément faisait vaciller ses certitudes.

Peut-être devrait-elle demander conseil à sa mère ? Mais elle n'avait pas l'habitude de lui parler de ces questions. Pourtant leur intimité les embarquait souvent dans des conversations sans fin, sur d'autres sujets. Elles aimaient se retrouver de temps à autre autour d'un thé pour refaire le monde. Irène savait écouter et Agnès aimait sa disponibilité, son regard attentif et tendre, sa façon de tenir une tasse entre ses mains. Mais elle ne lui posait jamais de questions susceptibles d'empiéter sur sa vie sentimentale, elle-même se montrant d'ailleurs très discrète sur ce sujet. Elle savait fort peu de choses sur la relation unissant ses parents, en dehors de l'harmonie évidente de leur couple. Elle s'aperçut qu'elle ne s'était jamais interrogée sur les circonstances de leur rencontre, il lui paraissait évident qu'ils se soient toujours connus, comme un frère et une sœur ayant tout partagé. Ou peut-être s'était-elle interdit la moindre incursion dans ce domaine, dissuadée de s'y engager par leur réserve coutumière ? Elle les avait toujours sentis liés par une complicité silencieuse dans laquelle elle n'avait jamais imaginé pouvoir s'immiscer.

L'heure avait avancé, elle pouvait maintenant envisager de se lever. Elle ouvrit ses rideaux et la froide lumière d'un soleil encore blanc envahit la pièce. Un peu plus tard, en se séchant les cheveux, elle eut l'idée de faire une surprise à ses parents en avançant l'heure de sa visite. Elle pourrait ainsi aider sa mère à préparer le repas. Songeant à ce jour particulier elle sourit à l'idée de sacrifier à la tradition en achetant à son père un œuf en chocolat.

29

Elle gara sa petite Austin devant l'immeuble de ses parents. Elle avait circulé sans peine dans les rues désertes et il était encore bien tôt quand elle composa le code de la porte cochère. Elle tenait entre ses mains le carton entouré d'un ruban artistement noué, contenant l'œuf qu'elle avait choisi. Noir et luisant, il répandait l'arôme capiteux d'un chocolat d'excellente qualité. Elle connaissait la gourmandise de son père, son attrait enfantin pour toutes les occasions de réjouissances et se félicita d'avoir pensé à cet achat. Paul adorait les fêtes, quelles qu'elles soient. Il revint à l'esprit d'Agnès les « semaines du cadeau » instituées par son père lorsqu'elle était encore enfant et qui lui faisaient attendre le soir avec une impatience fébrile. Riant intérieurement, elle pensa ne s'être sans doute jamais montrée aussi intenable que durant ces périodes !

Elle avait toujours sur elle le trousseau de clefs de l'appartement familial. Après le bref coup de sonnette destiné à annoncer sa venue elle introduisit la clef dans la serrure, pénétra dans l'entrée et déposa l'œuf sur la commode. Elle allait appeler, comme elle avait coutume de le faire à chacune de ses visites, mais elle fut saisie par le silence qui régnait. Pas la moindre agitation dans la cuisine, pas le moindre frémissement de vie dans la maison. Elle se dirigea vers le salon où elle découvrit sur la table basse deux grandes tasses à demi remplies de tisane, puis elle entrouvrit avec précaution la porte de la chambre de ses parents.

Ils étaient allongés dans le lit à demi défait comme deux gisants enlacés face à face, leurs visages si proches l'un de l'autre, leurs bouches se touchant presque. Elle fut saisie par la pâleur de sa mère, contrastant avec ses cheveux d'un noir de jais, parsemés de fils d'argent depuis quelques années. Son délicat profil, son nez fin, un peu long, ne déparant pas l'harmonie de ses traits, sa lèvre supérieure légèrement avancée éclairant son sourire d'un charme enfantin. Son père déployait sa longue silhouette maigre sous la couverture en désordre, son visage aigu et sérieux fermé comme à son ordinaire sur ses pensées secrètes. Le discret grincement de la porte ne provoqua chez eux aucune réaction et Agnès contempla ses parents, inconscients de sa présence, à mille lieues d'elle dans leurs songes emmêlés.

N'ayant jamais cherché à imaginer les détails de leur vie intime, pour la première fois elle se plut à se les figurer endormis à la suite d'une grasse matinée amoureuse. Elle fut touchée par cette idée, les trouva beaux dans leur abandon au milieu des draps froissés et ressentit au creux de sa poitrine le chatouillement familier d'une profonde émotion. Elle se demanda ce qu'elle répondrait si, après leur disparition, on lui demandait quels reproches elle pourrait adresser à ses parents. Certes rien du côté de leur amour ni de leur sollicitude sans faille à son égard. Elle avait été, elle était toujours leur fille aimée et elle les aimait avec toute la tendresse et le respect dont elle était capable. Une mer étale, un chemin calme parcouru sous leur protection depuis sa naissance. Sans explosions et sans rancunes, aussi loin qu'elle s'en souvienne. Peut-être était-ce là ce qui faisait énigme pour elle : cette paix jamais troublée, ni par ses bouleversements d'adolescente, ni par ses revendications de liberté. Ses parents lui avaient au fil des années évité tous les écueils grâce à cette capacité d'absorption, ce silence qui pacifiait toute velléité de conflit. Mais sans doute également avait-elle toujours eu conscience de la fragilité de sa mère, dont elle n'avait jamais voulu bousculer l'apparente sérénité.

Bien sûr la blessure voilant le regard d'Irène n'avait pas échappé à Agnès. Elle avait repéré ces moments où sa mère trouvait refuge dans la tristesse, mais cette tristesse même avait alimenté le calme de leurs échanges, comme une sourdine, tamisant les tensions. Sans doute l'accident de voiture qui avait coûté la vie à ses grands-parents était-il à l'origine de cette mélancolie, mais elle avait toujours évité de parler du drame avec sa mère. Son père lui-même, malgré ses clowneries subites et ses emballements d'enfant, imposait une distance à ses interlocuteurs, les dissuadant de s'engager plus avant. Voilà, se dit-elle : s'il lui fallait adresser un reproche à ces parents modèles, il porterait sur leur silence, leur infranchissable et obstiné silence qui l'avait rendue muette elle aussi, parfois inhibée, terriblement anxieuse face aux autres. Mais qu'était-ce, comparé au bonheur qu'ils avaient construit tous les trois jour après jour ?

Refermant aussi délicatement que possible la porte sur le couple endormi elle décida d'aller faire un tour dans le quartier. Elle ne tenait pas à provoquer l'embarras de ses parents en les surprenant à leur réveil.

30

Irène ouvrit les yeux la première, éblouie par un rayon de soleil qui se frayait un chemin entre les rideaux mal fermés. Perclue de courbatures elle éprouvait la sensation d'avoir été rouée de coups et elle grimaça lorsqu'un bâillement réveilla une vive douleur à la mâchoire. La gifle de Paul : jamais de sa vie elle n'aurait pu l'imaginer la frappant avec une telle violence. Elle passa un doigt sur la zone sensible et regarda son mari, allongé à ses côtés. Les sourcils froncés, l'air obstiné il dormait, épuisé par cette nuit de démence qui les avait menés tous deux jusqu'aux premières heures du jour, hagards et meurtris puis parlant à n'en plus finir.

Elle remarqua les poings serrés de Paul et repensa à la force brutale déployée par ces mains dont elle n'avait jamais connu que caresses et protection. Mais ces mains qui l'avaient si douloureusement blessée l'avaient aussi arrachée à son cauchemar en libérant ses fantômes : malgré sa fatigue elle ne s'était jamais sentie aussi légère que ce matin. Elle les prit dans les siennes, tenta délicatement de les ouvrir, les persuadant de se détendre et d'accepter le contact de ses lèvres. Les doigts crispés résistèrent un moment puis cédèrent, offrant leurs paumes. Elle les embrassa longuement, y enfouissant son visage et poursuivant de la pointe de sa langue le tracé de leur ligne de vie.

Paul sursauta. Surpris par cette caresse il murmura le prénom d'Irène. Plantant son regard dans le sien, il se rapprocha d'elle. Elle ébaucha un sourire, ouvrit les bras et ils mélangèrent leurs souffles, serrés l'un contre l'autre comme deux amants nouveaux qui craignent déjà de se perdre.

Philippe Grimbert
dans Le Livre de Poche

Avec Freud au quotidien   n° 33165

« J'ai voulu chausser les lunettes de Freud pour traiter de sujets aussi divers que la politique, le tabac, le cinéma ou la chanson… et aussi de leur résonance intime avec mon parcours. »

La Mauvaise Rencontre   n° 31901

Rien n'aurait dû séparer les deux garçons. Il n'y a pas eu de rivalités imbéciles, c'est autre chose qui les a déchirés, quelque chose qui était là depuis le début, mais que personne ne pouvait encore imaginer.

Un garçon singulier   n° 32661

Une simple annonce sur les murs de la faculté a sorti Louis de sa léthargie pour le précipiter sur la plage de son enfance à la rencontre d'une mère et de son fils, qui vont bouleverser sa vie.

Souvent les enfants s'inventent une famille, d'autres parents. Le narrateur de ce livre s'est inventé un frère aîné… Et puis un jour, il découvre la vérité. Et c'est alors une histoire familiale complexe et tragique, qu'il lui incombe de reconstituer et qui le ramène aux temps de l'Holocauste.

Du même auteur :

PSYCHANALYSE DE LA CHANSON, Les Belles-Lettres-Archim-
baud. 1996 ; Hachette Littératures, 2004.

PAS DE FUMÉE SANS FREUD, Armand Colin, 1999 ; Hachette
Littératures, 2002.

ÉVITEZ LE DIVAN, PETIT GUIDE À L'USAGE DE CEUX QUI TIENNENT
À LEURS SYMPTÔMES, Hachette Littératures, 2001.

CHANTONS SOUS LA PSY, Hachette Littératures, 2002.

Un SECRET, Grasset, 2004.

LA MAUVAISE RENCONTRE, Grasset, 2009.

Un GARÇON SINGULIER, Grasset, 2011.

AVEC FREUD AU QUOTIDIEN, Grasset, 2012.

RUDIK, L'AUTRE NOUREEV, Plon, 2015.

Le Livre de Poche s'engage pour
l'environnement en réduisant
l'empreinte carbone de ses livres.
Celle de cet exemplaire est de :
300 g éq. CO_2
Rendez-vous sur
www.livredepoche-durable.fr

PAPIER À BASE DE
FIBRES CERTIFIÉES

Composition réalisée par Chesteroc Ltd

———————————

Achevé d'imprimer en France par
CPI BUSSIÈRE (18200 Saint-Amand-Montrond)
en octobre 2019
Nº d'impression : 2047477
Dépôt légal 1re publication : février 2004
Édition 13 - octobre 2019
LIBRAIRIE GÉNÉRALE FRANÇAISE
21, rue du Montparnasse – 75298 Paris Cedex 06

30/3055/8